智慧熊
SMART BEAR

阅读强 | 少年强 | 中国强

专家审定委员会

励志版名著的6个关键词

“领悟性阅读”是人生成长过程中不可或缺的要素。如何用精品名著唤醒天性、唤醒心灵、点燃智慧之灯，同时兼顾学生学习的现实需要呢?

第一个关键词：价值阅读——“成就有价值的人生”

有价值的人生从价值阅读开始。在阅读的重要性与紧迫性已成为共识的情况下，最根本的问题就是读什么和怎么读。为此，励志版名著致力于通过对经典名著的价值解读，培养学生一生受用的品质。

第二个关键词：励志——“本书名言记忆”

一句名言可以影响人的一生。在供学生阅读的众多名著版本中，励志版名著是以励志为核心理念的。一本好书，必能启迪人心，滋养人的精神。因此，我们专注于传递名著中宝贵的人生经验和成长智慧。

第三个关键词：兴趣——“无障碍阅读”

针对阅读经验较少的学生，励志版名著依据《现代汉语词典》《辞海》《汉语大词典》等权威辞书对疑难字词进行注释，并参考相关资料对人物、好句等进行注解，从而帮助学生实现名著的无障碍阅读，激发学生的阅读兴趣。

第四个关键词：导学——“名师导学3-2-1”

名师门下出高徒。励志版名著邀请全国一线名师、教研员倾力把关“名师导学3-2-1”，强调在导学的基础上自主学习，把阅读延伸到书外。

第五个关键词：彩图——“图说名著”

全品系七百多幅精美插图，配以言简意赅的文字，达到“图说名著”的生动效果，这对提升学生的阅读兴趣，使其更好地理解每一本名著的意蕴，无疑会有很好的帮助。

第六个关键词：课标——“全课标素质解读”

强调课标与素质阅读的结合，是本丛书明显的特征。部编版语文教材中所选用的名著篇目，都在其中占有一席之地，倡导了“每一本名著都是最好的教科书”的理念。

简言之，我们殚精竭虑，注重每一个细节。因为，一个人物，拥有一段经历；一段故事，反映一个道理；一本好书，可以励志一生。

让名著发挥它人生成长导师的基本功能吧!

励志版名著编委会

励志版名著结构体例图

开宗明义　整体解读

全书导读是针对全书的综合性内容简述。内容涵盖作者、故事情节、主题等方面。通过全书导读，读者不用读全文，也能知道这本书整体叙述了什么。

图文并茂　相得益彰

精美的彩色插图，完美呈现经典情节，让读者在阅读文字的同时，有身临其境的感受，增加其阅读的乐趣。

名言启迪　励志人生

丛书特别关注名著中所传递的宝贵人生经验和成长智慧，分类整理了每本书中适合青少年收集的名言。

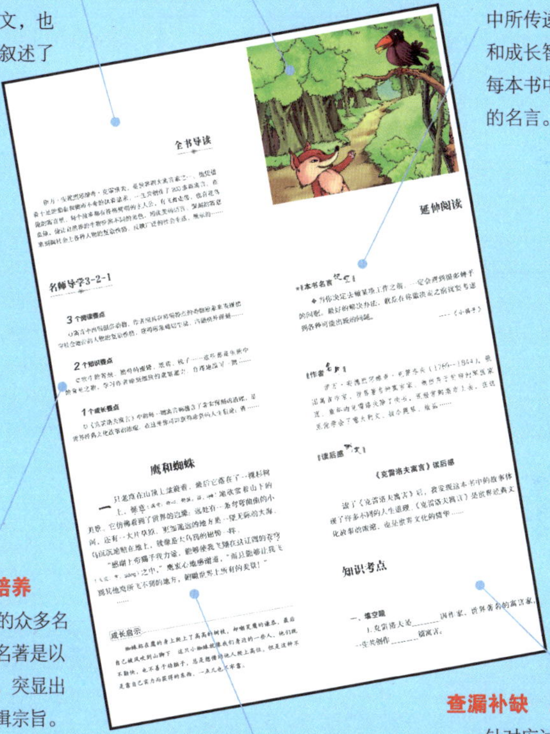

兼顾教材与素质培养

在供学生阅读的众多名著版本中，励志版名著是以励志为核心理念的，突显出关注素质成长的编辑宗旨。

无障碍阅读　分析与引导

注音释义，扫除字词障碍；批注点评，扫除理解障碍；成长启示，扫除感悟障碍。

查漏补缺　总结知识点

针对应试的需要，同时为了便于检测阅读效果，编者联合一线教师对每本书的重要知识点进行整理，以考题的形式帮助学生查漏补缺。

名著阅读专项规划方案

阅读不仅仅能让学生学会考试，还在某种程度上决定了学生应对未来生活和学习的基础能力。只有掌握了阅读的本领，学生才能更好地学习其他知识，才能更自信地融入社会，拓展更广阔的成长空间。

要使阅读学而有用，在短时间内提升阅读能力和文学素养，系统科学地阅读尤为重要。为此，我们为学生制订了一份科学合理的名著阅读计划。

阅读阶段	阅读要点	中小学生课外阅读推荐	推荐理由与检测	阅读量与阅读方法
第一阶段	掌握阅读（或流畅读）阶段（7～8岁）。这个阶段学生的知识和语法积累不足，认知能力有限，所以应适当避免阅读的复杂性。	《唐诗三百首》 《弟子规》 《三字经》 《成语故事》 《稻草人》 《木偶奇遇记》 《伊索寓言》 ……	励志版名著，由阅读专家及各省教研员为青少年专门打造，兼顾教材与素质培养，注重快乐阅读、无障碍阅读。 检测：能熟练阅读并复述1～3本必读名著的内容。	读 4 ～ 8 本名著（兼顾中外），以兴趣阅读为主，精读不少于 1 本，每周阅读时间不少于 6 小时，以便从小就养成良好的阅读习惯。
第二阶段	为学习新知而阅读（9～13岁）。前期（低年级）可以阅读无须专业知识铺底就能理解的书籍，后期（高年级）需要增加阅读的难度。	《三国演义》 《西游记》 《水浒传》 《城南旧事》 《格林童话》 《安徒生童话》 《鲁滨逊漂流记》 《汤姆·索亚历险记》 《海底两万里》 ……	励志版名著的书目，由中国的阅读专家提供；借鉴了国外的兴趣阅读与素质培养的经验；辅以导读与思考题，可同时满足课堂教学的需要。 检测：能熟练引用名著内容并应用到写作当中。	读 8 ～ 16 本名著。应遵循由浅入深的原则，在关注 2 ～ 3 个品质主题的基础上，逐渐提高鉴赏能力。精读 3 本名著，每周阅读时间不少于 6 小时。
第三阶段	通过阅读，多角度了解人生（14 ～ 18岁），从一个初级阅读者逐渐成为一个成熟阅读者。要努力积累知识、发展潜力，学会理解与反思，达成个人目标。	《朝花夕拾》 《骆驼祥子》 《繁星·春水》 《格列佛游记》 《童年》 《简·爱》 《钢铁是怎样炼成的》 《假如给我三天光明》 《老人与海》 ……	励志版名著，从易至难，指导学生完成阶梯式阅读。它可以满足这个年龄段的学生对社会、对人生的好奇与探索。它保留了名著引导读者认识人生的特点。 检测：是否具有精读、反思、举一反三的能力。	这一阶段是青少年品质形成的重要时期，应增加精读书目数量，结合专项品质（如专注、乐观、进取、尊严等），进行重点阅读，以形成分析、反省、批判等综合能力。要记读书笔记。每周阅读时间不少于6小时。

注：励志版名著依据教材，但绝不仅仅服务于考试。如通过对《老人与海》的专项阅读，学生能够培养勇敢不屈、顽强坚毅的意志品质。这套名著强调对学生素质品质形成与成长的帮助。

无障碍阅读

彩插励志版

谁是最可爱的人

SHUI SHI ZUI KE'AI DE REN

魏 巍 著

時代文藝出版社
SHIDAI WENYI CHUBANSHE

图书在版编目（CIP）数据

谁是最可爱的人 / 魏巍著. -- 长春 : 时代文艺出版社, 2022.12（2025.6重印）
（无障碍阅读 : 彩插励志版）
ISBN 978-7-5387-7127-5

Ⅰ. ①谁… Ⅱ. ①魏… Ⅲ. ①报告文学—作品集—中国—当代 Ⅳ. ①I25

中国版本图书馆CIP数据核字(2022)第226063号

谁是最可爱的人

SHUI SHI ZUI KE'AI DE REN

魏 巍 著

出 品 人：吴 刚
产品总监：郝秋月
责任编辑：李荣崟
装帧设计：韩志鹏
插图绘制：杜 倩
排版制作：李志国

出版发行：时代文艺出版社
地 址：长春市福祉大路5788号 龙腾国际大厦A座15层（130118）
电 话：0431-81629751（总编办） 0431-81629758（营销部）
官方微博：weibo.com/tlapress
开 本：920mm × 1280mm 1/16
印 张：16.5
字 数：157千字
印 刷：河北燕山印务有限公司
版 次：2022年12月第1版
印 次：2025年6月第4次印刷
书 号：ISBN 978-7-5387-7127-5
定 价：22.80元

如何进行价值阅读

——《谁是最可爱的人》一书以“谁是最可爱的人”为例进行解读

故事简介

自1950年10月，中国人民志愿军入朝以来，他们在朝鲜战场上进行了艰苦卓绝的战斗。在松骨峰战役中，一支志愿军部队奉命切断军隅里敌人的退路，面对美军猛烈的炮火，子弹打光了，他们便用血肉之躯抵挡……最终坚持到了主力部队的到来，完成了任务。在汉江南岸，敌人的飞机抛下燃烧弹，点燃了朝鲜人民的房子，青年战士马玉祥听到孩子的哭声，毫不犹豫地冲进浓烟滚滚的屋子里，将孩子救了出来。还有一个在防空洞里的战士，一边就着雪吃着炒面，一边说着这是为了祖国的人民不用吃雪。他们是千万志愿军战士中平凡的一员，但他们身上所具备的坚韧和刚强，所散发出来的纯朴和谦逊，是那样的可爱。他们都是“最可爱的人”！

价值解读

1. 关于爱国

1950年，中国人民志愿军带着“抗美援朝，保家卫国”的使命，奔赴朝鲜战场。抗美援朝期间，为了给予朝鲜人民以有力的支援，不让祖国人民再遭受战争之苦，也为了给祖国的建设提供安全稳定的环境，战士们不惧强敌，积极投入战斗，誓死捍卫祖国的安全。

价值启示：爱国情感是人们对祖国最朴素的情感。热爱自己的国家，如同热爱自己的母亲一样，要时刻铭记我们的历史和文明从哪里来，将爱国之情融入生活的点滴中。

2. 关于无畏

身处朝鲜战场的中国人民志愿军面对的是当时世界上最强大的美国侵略者，武器装备相差悬殊，作战条件极其恶劣。但志愿军战士们毫不畏惧，他们靠自己的血肉之躯和钢铁般的意志将敌人赶到了“三八线”以南，最终取得了抗美援朝的伟大胜利。

价值启示：解决任何困难都要先勇敢地迈出第一步，在战胜困难的过程中，无畏的精神更是支持着我们不断攻克难关，一步步向前。无所畏惧，迎难而上，才有机会赢得最后的胜利。

3. 关于乐观

抗美援朝时期，正值中华人民共和国成立之初，志愿军战士们的武器、交通工具、衣物等都比较落后。而我们的战士们始终保持着昂扬的斗志和革命乐观主义精神，在战场上顽强地打击敌人，最终取得胜利，从而打破了美军不可战胜的神话。

价值启示：乐观是一种可贵的品质，能在极其艰难的条件下，带动人的主观能动性。保持一颗乐观积极的心，不让自己被困难吓倒，从而获得更大的动力去克服困难，走出困境。

△ 十三岁的刘秉烈坐在志愿军战士身边，毫不犹豫地说：“我要当一个人民军的战士。”他的眼光是那样的沉郁和坚强，使我们不敢相信，坐在我们身边的是一个孩子。

△ 激战过后的阵地上，只剩下战士王志成一个人，聚精会神地蹲在工事里，眼往下瞅着。神色仍然很宁静，半天才打一枪。敌人不知道这儿有多少人，也不敢上来。

△ 一场壮烈的搏斗就开始了。敌人为了逃命，用了三十二架飞机、十多辆坦克和集团冲锋向这个连的阵地汹涌卷来，整个山顶的土都被打翻了，汽油弹的火焰把这个阵地烧红了。但勇士们在这烟与火的山冈上，高喊着口号，一次又一次地把敌人打死在阵地前面。

△ 某个连队正在进行爱国教育，一个战士站在队前，眼里含着泪花，高高地举起妹妹的照片，激动地诉说着妹妹的经历与家乡的变化。

△ 出发号响起了。战士们背起背包，挎上了枪，走向夹道欢送的人群。孩子们边奋力地撒着纸屑的花雨，边欢呼着。随着志愿军脚步的移动，人们的眼睛潮湿了，但他们忍着眼中的泪水，竭力喊着口号。

△ 时间进入二十一世纪，回望此时的鸭绿江，碧盈盈的江水安静地流去。锦江山上半山红枫，半山金黄。碧空里传来一阵阵的鸽哨，比好听的笛声还要悠扬。江上的白鸥在绿波上怡然自得地飞翔。

全书导读

《谁是最可爱的人》是作家魏巍的一部作品集，其中包含了作者在抗美援朝期间创作的多篇报告文学，以及后期关于抗美援朝这段历史和志愿军老兵们的回顾文章。

在这些作品中，作者塑造了许多典型、鲜活的人物形象，有在反“扫荡”中，不顾危险救助“我”的朝鲜籍战友老金；有第一次上战场，努力克服恐惧的戴笃伯；有“我”本以为已经牺牲在战场上，后来又重逢的志愿军老兵李玉安；还有看着学校被炸毁，要去当兵打仗的朝鲜孩子刘秉烈……他们或穿梭于炮火纷飞的战场，或在志愿军的后方支持着前线，或走下战场后又积极投身于祖国的社会主义建设……

透过这些故事我们可以看到，中朝军人并肩作战的革命友谊，志愿军与朝鲜人民的鱼水深情。他们同仇敌忾、同生共死的情与义跨越历史，直到现在依然打动并温暖着我们的内心。

名师导学3-2-1

3个阅读要点

◎在阅读过程中，注意故事背景中时间线的推移，对比体会当时背景环境的变化及人物前后的行为表现。

◎感受本书中通讯的写作风格，在情感饱满、格调高昂的语言叙述中，体会人物身上坚定的信仰和可贵的品质。

◎本书中的作品创作时间跨度较大，注意结合不同的时代背景，在不同的时代视角下思考抗美援朝给我们带来的启示。

2个知识要点

◎本书运用了大量的场面描写来表现战争和离别的场景，借助特定的时间和地点，通过人物活动自然而然地将作者的思想表达出来，富有感染力。

◎作者在刻画人物的过程中，善于通过具体的事例来表现人物的特点。另外，作者还关注人物在不同时间段的成长变化，在不同的文章中体现同一个人物的不同状态，前后呼应。

1个成长要点

◎志愿军战士戴笃伯第一次上战场时，不断地给自己做心理建设，才成功完成任务，而四十八岁的他已经成长为一位成熟的社会主义建设者。回国后的他，带着战争留下的伤痛，仅靠治疗后恢复的零点零一的视力，学习知识，带领百姓发展小群鸭、种蓖麻……努力做好一系列促进当地经济发展的事。我们要向他学习，面对挫折，不气不馁，坚持向前。

目 录

CONTENTS

最可爱的人

导读

本书的第一部分主要收录的是作者魏巍在抗美援朝战争期间所写的报告文学。在这些文章中，作者根据真实的战场见闻刻画了许多典型形象，成为几代人的回忆，影响深远。他们或是一位挖着壕沟的平凡士兵，或是一个在田间急着插秧的普通农民，抑或是一个尚未成年的孩子……他们虽平凡，却能够以最朴素的方式面对残酷的战争，从不放弃对希望的追寻。他们身上所散发出的强大精神力量和人性之美，堪称伟大。

接下来，就让我们回看那战火纷飞的年代，走近那些可敬又可爱的人物，感受他们不畏牺牲、敢于斗争、捍卫和平的伟大精神吧！

朝鲜同志

导读

老金，是“我”的一位朝鲜籍战友。他在艰苦的反“扫荡”中，带着通信员背回两大篓野菜，解决了战士们的吃饭问题；他在“我”发疟子时，带着“我”爬上险要的摩天岭，保证了“我”的安全。随着朝鲜战争爆发，老金又要走上战场……

年轻的朋友们，请你告诉我
在艰苦的日子里
什么是这世界上最珍贵的东西？

一

我有着许多可爱的老战友，都像拴在我的心上一样。不定在什么时候，他们就微笑着，隐隐出现在我的眼前。

今年，自从朝鲜战争（初为朝鲜半岛南、北方间的战争，后因美国武装干涉和中国出兵援朝，扩大为国际局部战争。1950年6月25日战争爆发）爆发以后，最引我怀念的，是我的一个朝鲜籍的老战友——老金。当我翻开报纸，看到朝鲜人民军勇猛进军直迫釜山（今韩国广域市，全国最大贸易港和第二大城市。釜，fǔ）的时候，就好像看见他骑着一匹马，带着一支队伍，沉着地、气昂昂地疾进着。有时候，又像看见他在阵地前沿的战壕里，严肃地举着望远镜，望着面前密密麻麻的工事（保障军队发扬火力和隐蔽安全的建筑物，如地堡、堑壕、交通壕、掩蔽部等）在思考。可是，当我又看到美国侵略者在仁川登陆的消息，就像看见他——老金，又瘦了些、黑了些，在费力地指挥着队伍，掩护着，艰难地撤退。特别是，我看到美国侵略者向朝鲜倾下千百吨燃烧弹的消息，就好像看到老金和他的队伍，在无边的大火里奋战、呼喊……

老金，我的战友！现在我翻看着你今年夏天给我的一封信，还有你在多年前留下的一把小刀。这把小刀，早已经长满了厚厚的红锈。可使我更想起艰苦的日子，想起了你！

二

一九四二年的春末，我们正处在艰苦的反“扫荡”

中。有一天，为了跳出敌人的合击圈，直走了一整夜，才到了宿营地——在半山坡上，一个只有两户人家和一个羊圈的小山庄。困得我也不知道是枕（zhěn）在同志的腿上还是膀子上，很快就睡熟了。

睡梦里，我跟日本鬼子搏斗着，被日本鬼子摔倒骑在身上，往我嘴里塞石头子儿。我挣扎着醒来，一看不知道是哪个同志的一条又肥又粗的大腿，正横在我胸脯上。我搬开它坐起来，才发觉，我是这么饿啊，腿是这么疼啊，再也睡不下去。我心里念叨着："怎么还不开饭呢！炊事员是搞什么鬼呢！"加上我平素对司务长印象不好，不知怎的，就肯定是司务长光睡觉不负责任。越想越有气，就顺手找了个小棍儿拄着走出来。

走到院里一看，伙房的小屋还没冒烟呢。我就冒了火，冲进去，劈头就说：

"司务长，你这叫负责任不负责任？"

司务长正掂（diān，用手托着东西上下颠动来估量轻重）着一条小米袋十分为难地思量什么，一听，也急了：

"我为什么不负责任？"

"你说！为什么到这工夫还不做饭不点火？"

"你不调查研究，你主观！"他竟然做了结论，又气昂昂地说，"部队一到宿营地，老乡就说，米叫日本鬼子烧了，小半瓮（wèng，一种盛东西的陶器，腹部较大）酸菜也叫倒在茅坑里啦。我马不停蹄地到了小张庄，粮库主任也叫鬼子杀啦，谁也不知道粮食在什么地方藏着。来回二十里，我屁股还没沾地，你……”他越说越气粗，“烧火！你叫谁烧火？四个炊事员，夜黑价两个跑了坡，这工夫还没上来。这儿井也没有，离河二里地，炊事员上上下下抬到这会儿，才抬了半缸。不知道你钻到哪儿睡了一觉，就跑到这儿来撒野啦！”

我讨了没趣，气也消了，有气无力地问：

“那么，怎么办呢？”

“怎么办？反正够不够就是它！”他掂了掂手里的那条小米袋，又说，“小李！假若你是这个司务长，看你的锦囊妙计吧。”

我们俩就大眼瞪小眼地呆了起来。

这时候，两个炊事员，吃力地抬着一大桶水走了进来。他们一边喘气一边兴奋地说：

“司务长，咱们有办法啦！”

司务长闷着头。我忙问：

“有什么办法呢？”

他们一边往锅里倒水，一边说：

“金干事跟通信员，背了两大篓野菜回来啦！”

我和司务长三脚两步地跑了出去。只见老金跟通信员一个人背着一个大篓子，曲着身子正吃力地从沟底向庄上爬。看得出来，特别是老金已经再也走不动了。我们一边喊一边跑了下去，看见老金黄黄的脸，因为几天不洗变得黑乌乌的，汗珠在下巴上挂着。他们俩的鞋头，全飞了花，露出的脚指头，用布裹着，凝着紫红的血痂（挂在下巴上的汗珠和紫红色的血痂两个细节，细致而具体地表现了老金和通信员为战士们挖野菜的辛苦，也从侧面反映出老金和通信员一心为部队着想的品质）。我们俩赶忙把两个篓子从他们冒着热气的背上接过来，呀，满满的两篓子野菜，什么野韭菜啦，萋萋芽啦，老鸹（guā）筋啦，水芥（jiè）子啦，全是绿莹莹的，还像用它绿星般的小眼看人一样。我们看看野菜，笑眯眯地看看他俩。司务长拉着老金的手，不知说什么好。老金一时喘不上气，但也看出他的眼睛在微微笑着。

我们把两篓子绿莹莹的野菜往院里一放，大家都围上来，也是笑眯眯地看看野菜，看看他俩。

通信员红红的脸上，亮着明闪闪的眼睛，喘着气说：

“咱们金干事，真是比不了呀，一到这儿，他打听了一下老乡，就把我喊走了。”他指了指对面那座郁苍苍的山峰，说，“我们就爬了上去。金干事用小刀，我用手指头，就比赛起来啦。急得金干事把小刀都碰坏了。”说着，他举起一把明光光的小刀。我接过来一看，小刀果然碰了两个口子。通信员又说：“可是，金干事的歼灭战打得真彻底，连石头缝里的野菜，都叫他剔下来啦。他爬到一个悬崖上，要不是我拉着他，差点儿把他摔下去。”

“这一下老金可解决了问题啦。快烧火吧！我的肚子早提抗议啦。”

“会餐吧，同志们！”

“我烧火！”

“我择菜！”

大伙儿嚷着，一齐动了手。老金也抓了一大把野菜，靠墙坐着，伸着两只开花鞋，择起来。

不一会儿，同志们围着热气腾腾的一大锅菜粥，用着各色各样树枝儿、草棒儿做成的筷子，狼吞虎咽地吃起来。

谁也不能够形容，它是多么香甜啊！

那时候，现在写诗的红杨树也跟我们一起当干事，他当时还写了这么一首诗呢：

谁说野菜苦，
我说野菜香：
野菜长在荒岭上，
不怕山穷露水冷，
石头缝里也生长。

谁说野菜苦，
我说野菜香：
野菜长在高山上，

不管连夜暴风雨，
星星一落见太阳。

朝鲜同志上山去，
野菜跟他到队上；
吃罢野菜高声唱，
人人都说野菜香……

当天晚上，支部给了我一个任务，叫我培养老金入党。

现在，忘在我挎包里的那把长满厚厚的红锈的小刀，就是老金当初挖野菜的小刀啊。

三

连续几个月的反“扫荡”，我的身体已经拖垮了。我发着很重的疟子（yàozi，疟疾，急性传染病，病原体是疟原虫，由蚊子传播，周期性发作。症状是发冷发热、热后大量出汗、头痛、口渴、全身无力），还得了夜盲症。有一次，我们在大山上被敌人整整包围了一天，没吃一口饭，没喝一滴水。黄昏，部队突围了。下了山我再也站立不住，就昏昏迷迷地倒在了小河边。

队伍从我身边迅速地奔驰过去。我知道我已经没有可能跟随部队突围了。我把头伸到绿汪汪的溪水上，拼命地喝起来，想增加一点点力量，以便应付意外情况。

“别喝啦，小李！”

我听见有人喊我。抬头一望，见老金离开队伍，急忙忙地向回返。他走到我跟前，摸摸我的头，说：“怎么样，小李？支部书记叫我留下来照顾你！”

“老金！”我叫了一声。在这样情况下，听见了他的这种语声，是最让人动感情的。我说：“你快走吧，我，我不能连累你！”

他拉我坐了起来，柔声地说：“不要动感情嘛，同志。看你烧得像火炭一样，我没有病，怎么也好说。”他思索了一下，说：“我搀你到老乡家里先缓缓劲儿，有敌情也好对付。”说着，就搀我往山坡上的一个小庄走去。我的头像着了火似的，歪在他的肩头上，晃晃荡荡地走着。

我们刚走到村边儿，就看见老乡们乱纷纷地，拉着毛驴的、背着小孩的、提着包袱的正往沟里卷。一个白头发老太太拉住我们说：“哟，同志呀，你们还不快走，敌人离这儿不远啦！”

老金细问了一下，思忖（sīcǔn，考虑）了一会儿，就决定到最险要的摩天岭上；因为这儿敌人从来没有上去过。

这当儿，天已经黑了。

我仍旧趴在他的肩头上，可这样高高低低的羊肠小路，两个人怎么能够并着膀儿走呢。走几步，不是我跌倒，就是他跌倒，再不两个人一块儿滚在地上。我要自己走，他又不答应，怕我跌下黑森森的山沟。最后，他把绑腿解下来，拴到我的皮带上，牵着我。（通过动作描写，写出了老金带着“我”赶路的困难和老金帮助“我”的坚决态度，更体现出老金对“我”的帮助难能可贵。）就是这样地走着呀，我望着他那白背包，听着他那破水壶磕碰的叮咚的声音走着。

走了不过十几里路，我就觉着像是走了百十里路一样。我觉着像有一股冰水在我的脊梁沟儿里开始流着——哦，我知道我的疟子又袭来了，接着打抖。我站不住，坐在地上。老金赶忙回身搀我，可我怎么也挣不起来。我迷迷糊糊地，觉得老金把我抱在怀里，还听他喊：“小李！小李！是疟子来了吧？”我嗯了一声。他又说：“那么，咱就在这儿歇一会儿。”说着，他也坐在地上。

这当儿，“哒哒哒，哒哒哒……”头顶的山头上，突然响起了一梭子机枪声。回声在山谷里嗡嗡响着。

我猛然一惊，稍微清醒了些。老金很敏捷地掏出了驳壳枪（手枪的一种，外有木盒，射击时可把木盒移装在枪后，作为托柄。能连续射击，射程比普通手枪远。有的地区叫盒子枪、匣子枪。驳，bó），往山头上望了望，然后，在我耳朵边轻轻地说：“有敌人。”

就处在这样的一种关头呀！

同志们，你们想，我怎么能让老金因为我一个病得这样的人轻易地牺牲呢？……我紧紧地攀着老金的脖子，对着他的脸，几乎用了我整个生命的声音，悄悄地恳求他：

“好老金！好同志！我永远忘不了你，我的好战友。我恳求你放开我走吧，我只要你留下一颗手榴弹啊！”

在星光下，我看见老金的脸，从来没有过这么严肃。他几乎带着恼怒地说：“胡说！”说着，就站起来，四面望了望，马上把驳壳枪往腰里一插，不由分说地就把我背起来。不知道从哪里来的一股精神和力量，振动着他的全身，他背着我昂然地向回路走。我虽然迷迷糊糊，但我觉得出，在我下面的，是一种多么坚定和沉着的步伐！

在一个山拐角的地方，不知道是他的脚蹬空了，还是被一块石头绊住了脚，我们猛然跌倒了。我还在他的身上压着。急得我赶忙滚到一边，看见他的头正摔在一块尖石上。我轻轻地唤着他，他也不答应，只是呼哧呼哧地喘气。我摸了摸他的头、他的脸，黏(nián)津津的，头发也湿漉漉的。我知道他流了血。我浑身摸索着，找出了一个救急包。正给他缠着，他唔了一声，醒了。接着他叫：

“小李！小李！”

“我在你身边呢。”我说。

“把你摔伤了没有？”

他呀，摔成了这样，还先问我呢。我嗓子里像梗塞（gěngsè，阻塞）着什么热辣辣的东西，回答了一声。

我把绷带打好，他就坐起来。他摸索着，把摔掉的驳壳枪拾起，在衣服上擦了一下，又说：“我估计敌人，刚才并没有发觉咱们。不过……”他指了指三星，“你看，天快过半夜了，我们今天夜里是走不出多远了。不如找一个好隐蔽地，藏在那里，他要来就跟他拼！”他征求我的意见，“小李，你看呢？”我点点头。他站起来又要背我，我强硬地拒绝了他。他不得不又用绑带牵着我走。我们拐进一个更狭窄的山沟里。

边走他边摸着，把驳壳枪一会儿拿出来，一会儿又掖到腰里。绕了好几个弯儿，又走了一截儿，他忽然站住，用手一指兴奋地说：“小李！你看。”我仔细一瞧，黑森森的，是一个山洞。他伸着枪，猫着腰，摸索着爬了进去。“好地方！好地方！”他在里面连声叫着，“小李！把背包打开吧，这块石头平一点儿。”我把背包解开，也猫着腰爬了进去，黑洞洞的，一点儿也看不见，四处一摸，有小半间房子大小。他接过我的被子，给我铺上。他像完全忘记了自己的创痛一样，拍着我的腿，说：“你还呆什么呢，快睡！明天好应付情况。”他扶我躺下来，然后就靠着石壁坐在洞口。这时候，我发疟子的冷劲儿过去了，又开始发热，慢慢又被烧得昏迷起来。开头还听见他揭手榴弹盖子的声音，以后就什么也不知道了。

每当我昏昏迷迷睁开眼睛的时候，就恍恍惚惚地，看见一个伟大奇丽的巨影：一个人，头上扎着绷带，紧攥（zuàn）着一颗手榴弹，坐在洞口，两眼凝视洞外守护着我。我像躺在母亲怀里的婴儿一样在酣睡着。我心里似乎想说：“老金，你休息休息吧。”可是，我不知道是不是说出了，我是烧得完全昏迷了。

当我醒来的时候，天已经亮了。看看洞里空落落的，只剩下我一个人。看看我手里还握着一颗手榴弹。看看四围都是石壁，地上还仿佛有什么毛茸（róng）茸的东西卧过的样子。这是一个狼窝吧，我猜想着，更觉得孤单焦急起来。老金到哪儿去了呢？……我耐不住，爬到洞口一望，外面是披满茂草的山峰，风吹得山草呜呜地呼啸着、摇摆着，什么也看不见。

这时啊，我多么想看见一点点同志的影子，听见一点点同志的语声，特别是老金同志的一点儿影子、一点儿语声。

好大一会儿，才看见从山头上走下一个人来。晴蓝的天衬着，看得十分清楚。他头上扎着一条白绷带，手里提着一包什么，一拐一拐地走着。我认得出的，这就是老金啊。我向他摆着手，几乎喊出声来。等走近了，我看见他只剩下一只露着脚指头的烂鞋，光着一只脚，在乱石上碰得血糊糊的。可是不知道为什么他那样兴奋，一见我就笑着说："小李！等急了吧？"我一把把他拉到洞里，几乎把他拥抱起来。

我看着他的脸，他方方的黄脸，已经黑瘦了，颧骨（quángǔ，眼睛下边两腮上面突出的骨头）也高了，眼窝也深了；但那深陷在眼窝里的眼睛，却时时散出微笑的光芒。我问他干什么去了，他像没听见，只是忙着解开提来的小手巾包。手巾包打开了，是十多块黄灿灿的蒸南瓜。他连忙说："吃吧，吃吧。"然后才回答我说，"我不是告诉你啦？"我说："没有啊！"他又笑起来："唉，准是你烧昏了。我一直守着你，直到天快明了，我怕敌人天亮搜山，想先侦察一下敌人的动静，就把你摇醒，怕发生意外，还交给你一颗手榴弹呢！"他又递给我一块南瓜，也拿了一块自己吃着；可是看得出，他一次只咬一小口。他接着说："侦察回来，我正想给你找点儿东西吃，你说多么巧啊！在那边山窝窝里，正碰上昨天那个老大娘。她给了我这么多蒸南瓜，还打听你的消息呢。吃吧，小李。"

我一连吃了几块蒸南瓜，精神也好了些；怕不够，没敢再吃，马上被他看破了，又递给我一块。我问起敌情，他像竭力向我隐瞒着什么，说："吃吧，不管它！”我一直追问，他才告诉我：四外山头上是敌人的帐篷，山下头村子里是灯笼火把，乱糟糟的，特别是房子没有烧，这是敌人没有撤退的最可靠的征候（发生某种情况的迹象）。这些征候表明：敌人在今天搜山是确定无疑的了。

“老金！”我带着感叹的声音说，“只要我有一颗手榴弹，只用一颗，我不管在什么地方都会拼个够本，也会保全我的民族气节。只可惜我连累了你！”听了这话，老金立刻目光严峻，不满地说：“我根本不同意你这个说法！怎么会是连累？……不要看我是一个朝鲜人。我老金为了一个战友牺牲，为中国人民牺牲，不管牺牲在任何一个中国的山头上、村子边，是决没有遗憾的！”他显然因此激动起来，接着说：“小李！我不知道你是用什么眼光看我！……我认为我这一生，如果能看到你们解放啦，我的祖国也解放了，倘若我还能成为一个共产党员，就是我最大的幸福！”（“立刻目光严峻”“激动起来”细致地刻画了老金的情绪变化，语言描写从正面体现了老金不怕牺牲的共产主义精神和坚定的信仰。）

这样严肃，使我们沉默了半晌。

洞外，起了大风，山草呜呜地叫着，下起小雨来。

“老金，你跑了一夜，咱们躺到一块儿暖暖吧！”

他答应了。当他向下解手榴弹袋的时候，我看见有一颗手榴弹的把儿上像有一行字。我拿过来一看，金黄的木把儿上写着：

“为世界无产阶级的解放事业流最后一滴血！”

我像被一种什么巨大的热流冲荡着，马上想起支部书记给我布置的任务。

“老金！”我叫着抱住了他，看着他扎着绷带的头、瘦黑的脸，说，“我愿做你入党的介绍人！”

老金也把我抱住。在这个狼窝里，虽然外面的天是那么阴暗，洞口的山草在摇摆，风雨不绝地袭击我们，但我们感到是多么的温暖啊！

我的心在低唱着：

在这艰苦的日子，
亲爱的朋友！
请你告诉我：
什么是这世界上最珍贵的东西？
……

四

一九四三年秋天，我调到另一个地区以后，就失掉了老金的讯息。解放张家口，我才听说，他已经回到他解放了的祖国去了。直到今年八月，才接到他捎给我的一封信。捎信的还说他在朝鲜人民军的某个师里当师长，他那个师打得还很不错。

那封信是这样写的：

亲爱的老战友：

我们不见面，算来已经六七年了。在这样长的日子里，我并没有忘掉你和许多的中国同志。直到我归国以后的前几年，还不断梦见我们从前山沟里的老房东们。我甚至想，在我们胜利后再去看看那些地方。同志！这几年你的情况怎样啊，你结婚了吗？做了父亲吗？……这一切，我一点儿都不知道。

我自从回国以后，仍旧在军队里工作。在团里待了几年，去年又调到师。我时常想，我所以今天能为我的祖国、为朝鲜人民负这样的责任，是同过去我们共同从事的伟大斗争分不开的。假若没有这点，我还不仍旧是被皮鞭追赶着的小工吗？这是我这一生永远不能忘记的。……

我要向你报告的不幸的消息是：我的老母亲和我的大孩子（十四岁），已经在上月美国鬼子的轰炸里炸死了，连尸首都没有找到。我的妹妹也参加了部队，有一次，她曾经冲上敌人的坦克，用手榴弹把敌人炸死。但是前两天，她也在一次冲锋里牺牲了。现在我只剩了一个四岁的女儿，由她母亲在乡村里带着，我的老婆也参加了抗美斗争。同志，现在我的祖国，我的故乡的许多村子，正像当年我们一起在北岳区的那些乡村一样，差不多被烧完了。……这就是华尔街的强盗们在我的国土上造的“业绩”！

老战友，请你不要难过。铁和火从来不能使一个国家的人民屈服，而只能激起更猛烈、更顽强的战斗。我们一定会更勇敢更机智地战斗下去。请你相信，老战友，我过去不怕日本帝国主义，我现在也决不会怕美国强盗。我们终将击败他们，把他们一个不剩地赶出我们的国土。我老金的眼睛，是不能看到有一匹野兽蹲在我的故乡的。朝鲜人民的解放事业必定会获得最后的胜利！

因为连日的战斗，恕我不多写了。我最后希望你千万要来信，把你和一些老战友们的情形写来。因为在前线上，我也不断地想念着你们！

……

五

现在，我的面前，放着这一封信，和一把长满红锈的小刀。它使我记起我们经历的艰苦的日子又交织着朝鲜战场的火光。

老金，我的同艰苦共患难的战友！

我怀念着你。

我不能忘记：在中国人民艰苦斗争的日子，是谁爬在那高山的悬崖上挖取野菜；是谁在黑夜里牵着我、扶着我、背着我离开那死亡的影子；是谁缠着白绷带、拿着手榴弹警卫着我……特别是，是谁叫我懂得了什么是这世界上最可珍贵的东西。

老金，我的同艰苦共患难的战友！

请你等着我吧，在不久的时候，鸭绿江就会看见，你的老战友和你并着肩立在那燃烧着火光的地方！

一九五〇年十二月十五日夜于北京

火与火

导读

敌人炸毁了学校，孩子不能再读书；战火蔓延到了乡村，年迈的老人失去了儿子……朝鲜人民世世代代生存的家园变成一片焦土，而“仇恨”的火焰也在这片土地上蔓延开来，一场排山倒海的大火即将燃烧起来……

在朝鲜，倘若你是一个从前并没有到过朝鲜的人，你已经再也不能看到朝鲜原来是什么样子了。多少城镇和乡村，在敌机滥炸下，已经成了混着白雪的焦土。勤劳的朝鲜人民，他们世世代代建筑的居住的这些地方，他们的子女歌唱过舞蹈过的这些地方，现在只是在军用地图上留下了一个名字。可是，我要告诉你，它给朝鲜人民的，绝不是恐惧和凄凉，而是另一种东西。这种东西，像朝鲜那些倔强的无尽的峰峦（luán）一样，站立在全朝鲜的每一块地方，它的名字叫作“仇恨”。

在一个雪夜，我们赶到了熙川（朝鲜中部慈江道内陆机械工业城市。熙，xī）。它过去曾是热闹的城市；现在，在拥着白雪的焦土上，只能看到一座孤零零的钟楼和几扇断墙。即使这样，据说敌机每天还要轰炸几次，我真不知道它们还要在这里轰炸什么东西！

为了找一个歇脚处，我们不得不在附近的山沟里找了一个人家。这个“家”，是熙川的老百姓临时在山坡上挖了几个坑，用树枝和稻草搭成的窝棚（矮小简陋的屋子）。

在这里，我们遇到了一个名叫刘秉烈的孩子。这个孩子，虽然只有十三岁，却像成年人一样地沉默着坐在我们的身边。他跟我们说，战前，他的父亲是工人，他就在附近的中学校里读书。那时他曾想过：要好好学习，成为一个有用的人，把自己的国家，建设成为一个没有穷人的国家。但是，他的学校被炸毁了，他失了学。接着，他的家又被炸毁了。在被炸的那一天，他第一次看到了三十多具零乱的尸体，倒在他的周围。说到这里，他的眼睛射出火光。他狠狠地说：“他们毁灭了我们的城市和乡村，连不会说话的小孩子也炸。我要把那些家伙，全打死，全咬死！”他用手指着熙川说：“你们看吧！那不是我的家吗？”同志们又看了看那一片高高低低的土堆，还有那座孤零零的钟楼……有人问起他今后的希望，他毫不犹豫地说：“我要当一个人民军的战士。”可是我们说：“你的年龄是不够的呀！”他愁闷地低下了头。仇恨使这个十三岁的孩子成熟了。他的眼光照射着我们，是这样的沉郁和坚强；使我们不敢相信，坐在我们身边的是一个孩子。

在顺川北二十里，一个叫金谷里的小庄，我遇到了一个七十岁的老妈妈。当我们住在她家里的那天夜里，她怀里抱着她的孙子，一整夜坐着，给我们盖好从身上滚落的大衣。等到第二天我们醒来的时候，她还像母亲般地守着我们。她穿着白衣白裙，头发也已经白了。

我问她家里还有些什么人，老妈妈往我身边凑了凑，眼睛望着我们，带着极痛苦的表情。她说：她的二十七岁的儿子，被美国鬼子杀死了。他们是把他从山沟里找出来，打得眼珠都不转的时候，又用石头砸死的。她用两只枯老的手比画着她儿子惨死时的情景。她回想着，反复地叙说她的儿子是那样一个又聪明又老实的人，一天和和气气的、有说有笑的，村里人谁都爱他、夸他。他们家是那样幸福地生活着。可是，现在只剩下了她和她的媳妇跟一个不会说话的孩子……说到这里，老妈妈身向前倾，两只干枯的手紧紧地攥住我的两只手，对着我的脸大声地说：“孩子们！孩子们呀，你们快抓住杀我儿子的凶手吧，你们把他

们打死、撕碎吧！”她好像怕我们听不清楚，又攥住每个人的手，拍着每个人的胸口说了一遍。（从老人的动作可以看出她失去儿子后极度悲痛的情感，“拍着每个人的胸口”又体现出老人对志愿军战士的信任。）她的老年人的干枯的眼窝里，有几粒似乎闪着火光的眼泪，滴到我们的袄袖上。我知道这不是普通的眼泪，这是仇恨的火珠。

在平壤（旧称“西京”。朝鲜首都。位于该国西部，跨大同江两岸）附近，我还遇到一个朝鲜的新闻记者。他的名字叫金路丁。他的炸伤的手缠着绷带，靴筒上留着弹痕。在撤退的时候，他和人民在一起，徒步跋涉了二十五天，走了一千七百里路，被包围了二十次，都被他冲了出来。当我们问到他的家，他说，他有着一个年轻可爱的妻子和两个孩子。他的妻子是朝鲜一个有名的歌手。可是直到现在还不知道他妻子和孩子的消息。当他叙述这些情形的时候，他是那么痛苦，可是他是在笑着说的。他又说：“我们辛辛苦苦建设了五年，现在却被敌人炸毁了。我现在只有一支枪、一支笔、一个本子。我现在也不想家，也不想我的爱人和孩子，心里只有一个东西，就是复仇和胜利。”这是一个朝鲜知识分子的声音，是包含着痛苦和仇恨的刚强的声音。

在朝鲜战场上，愚蠢的敌人，以为用他的铁和火可以征服这个穿白衣的民族。但他们不知道，他们扔下的每一颗炸弹，从他们的弹片上滴落的每一滴血，都变成了无边的仇恨。朝鲜人心里的仇恨的火焰，比侵略者的燃烧弹更要强烈得多。就是这种火，推动着每一个人民军和志愿军的战士，不顾生死地前进。就是这种火，使得无数的朝鲜妇女和老人，穿着单薄的衣服和草鞋，在冰天雪地里修路、运输，来支援军队，歼灭美国侵略者。就是这种火，使得千千万万朝鲜的母亲们，献出她们的儿子。我亲眼看到：在温井，一个送过两个儿子参军的母亲，当着我的面，又指着她的一个十六岁的儿子和一个十八岁的姑娘，也要把他们送到人民军去。就是这种火，这种火要一直把侵略的野兽们烧死为止。这不是星星之火，这是无边的火、排山倒海的火、任何力量都不可能扑灭的火。

一九五一年一月十四日寄自朝鲜中部某地

前线童话

导读

敌人的飞机对准地上的乡村正肆无忌惮地轰炸着，起火的屋子里，一个身影闪现，一把将刚出生六天的婴儿护在怀里；一个孩子正着急地和忍着肚痛的志愿军战士比画着，“强迫”他吃下手里的两只烧麻雀……与真正的童话不同，这些都是发生在前线的真实故事。

这里，我要记下两个真实的而又像是童话般的故事。

“志愿军”

一月十七日，我们住在顺川北二十里的一个小山庄，名叫金谷里。房东是一个朝鲜妈妈和一个朝鲜少女。她们俩坐在我们的身边，一边逗着两个多月的孩子，一边和我们亲热地谈着。那个少女抱着的是一个非常可爱的孩子，肥肥胖胖的，睁着两个大眼，不断地望望这个，望望那个，笑眯眯的。我不由得接过他来，抱在怀里，话题也就很自然地落到这个小生命的身上。

朝鲜妈妈激动起来，指指孩子，望望我们，不断地感叹着。孩子的姐姐和她母亲争着，抢先述说了下面的故事。

当美国侵略军向北疯狂进犯的时候，正是她弟弟降生的第六天。她们背着这个孩子，跑到七十里以外的亲戚家。刚到不久，就突然遭到了敌机的空袭。等她们跑到附近的防空洞，才发觉急忙中把她的弟弟撇下了。她要回去找，她母亲眼看着那间小屋的附近全起了火，怎么肯答应呢？……这时候，有几个中国人民志愿军的战士走过来，问明了缘故，立刻就奔向那燃烧着大火的地方。紧挨那间小屋的一间房子，已经炸毁了，还冒着火苗。战士们冲进小屋里，小孩子已经蹬开了被子，光着身子滚在炕（kàng）席上哇哇地哭着。一个战士连忙解开扣子，把孩子抱在怀里，又穿过烟火，送给了他的母亲和姐姐。可是战士们不等她们母女说出心里的谢意，又匆匆地走了。

这位朝鲜少女说完这个故事之后，又从我手里接过孩子，笑眯眯地望着他，亲着，并且说："等你懂话的时候，我要第一个告诉你，你的生命是怎样得来的。”大家的目光，也都集中在孩子的身上。朝鲜妈妈感叹地说：“同志！这孩子的再生父母就是中国人民志愿军呀！”

有一个同志问：“这小孩儿叫什么名儿？”

“还没有起呢。”朝鲜妈妈回答。

“妈妈，就叫个‘志愿军’吧。”

那朝鲜少女微笑着征询似的望着她的母亲，朝鲜妈妈很严肃地点了点头。这时候，小孩儿已经在他姐姐的肘（zhǒu）弯儿里睡着了，嘴角里流露着甜蜜蜜的笑容。

捉麻雀

在南朝鲜（指朝鲜半岛南部地区，现称“大韩民国”或“韩国”。在今北纬38度线附近临时军事分界线以南。公元1948年进行单独选举，成立“大韩民国”政权。1992年8月24日同中华人民共和国建交）抱川郡东豆川里，有一个十三岁的孩子，名叫金守孙。他很快便跟中国人民志愿军一个姓陆的战士成了亲密的朋友，好像我们国内那些千千万万的孩子们跟解放军战士们的友情一样。

一天，这个战士害肚痛病倒了。小孩子赶忙去找他的妈妈要肚痛药。妈妈告诉他：烧麻雀蘸（zhàn）芝麻盐吃，是一个很好的偏方。他马上像一匹忙碌的小马似的，东邻串西舍，这家到那家，搬凳子，扒房檐（房顶伸出墙外的部分。檐，yán），一个黄昏掏了四只叽叽喳喳的麻雀，高兴极了。妈妈帮他做好，他就欢天喜地端到战士那儿。

姓陆的战士看了好半天，才看出是几只烧麻雀，哭不得，笑不得，他正肚痛得厉害，怎么肯吃这只有调皮孩子为了开心才吃的东西呢？孩子见他的朋友不吃，说又说不通，听又听不明，急得想哭；最后再三比画，几乎是强迫他的朋友吃了下去。（孩子的情感总是如此纯粹，“急得想哭”“再三比画”写出了金守孙对战士的关心，体现了他们之间的深厚友谊。）可是他却像完成了一桩重大任务似的快乐，跳着蹦着，回到他妈妈那儿。

谁知道，这个奇怪的偏方倒真使得战士的肚子不痛了。

第二天，部队要出发打仗去了，这个姓陆的战士正要去找他的小朋友致谢、道别，他的小朋友又端了三只烧好的麻雀走来了。战士摇摇手，指指肚子，意思是肚痛已经好了。但是小孩子也比画了几下，意思是，你的肚痛好了，咱就一块儿吃吧。说着，就拉着他的朋友，攀着他朋友的脖子，两个人像爱人分吃苹果那样地分吃了三只烧雀子。吃完，又一块儿唱了一支歌：《金日成［1912—1994，朝鲜民主主义人民共和国主席（1972—

1994），朝鲜劳动党总书记（1966—1994）。1950—1953年任军事委员会委员长、朝鲜人民军最高司令官]将军之歌》。

一九五一年一月二十二日草于朝鲜某地

成长启示

一听说刚出生六天的婴儿被困在燃起大火的房子里，志愿军战士毫不犹豫地冲进火里救人；十三岁的金守孙得知一位志愿军战士患了肚痛病，听妈妈说有烧麻雀的偏方，便立刻捉来请妈妈做好给患病的战士吃。虽然现在看来，捉麻雀的行为不可取，但志愿军战士与朝鲜人民之间的深厚情谊令人感动。在与人交往的时候，我们也要学会真诚地为对方着想，用一片真心对待他人，相信我们会收获更多的温暖和美好。

要点思考

1. 根据具体情节，说说你眼中的金守孙是一个怎样的孩子。

2. 结合文章的写作背景，你觉得作者为什么将这两个故事称为“童话”？

汉江南岸的日日夜夜

导读

1951年的春天来了，汉江两岸还带着冬季的痕迹。此时的美军离汉城最近处不过十五公里。二十多天过去了，二十多万美军却没有前进多少，是什么样的力量挡住了他们凶猛的炮火呢？在他们日日夜夜的进攻之下，我们的战士又是如何战斗的呢？

在祖国已经是春天了，可是在这儿一切还留着冬季的容貌。宽阔的弯曲的汉江，还铺着银色的冰雪，江两岸，还是银色的山岭，低沉的流荡的云气也是白蒙蒙的，只有松林在山腰里、峡谷里抹着一片片乌黑。（环境描写，点明汉江前线的自然环境，为后面描写这里的战况做铺垫。）——这就是汉江前线的自然风色。

敌人离汉城（今称“首尔”，韩国首都，特别市。1394年朝鲜封建王朝——李氏王朝迁都于此，始称“汉城”。2005

年1月“汉城”的汉字书写确认为“首尔”）最近处不过十五公里，离汉江还要近些。美国侵略军的指挥官们早可以从望远镜里看见汉城了，如果开动吉普车，可以用不到二十分钟。可是他们不是用了二十分钟，他们是用了九个多师的兵力，用了二十天的时间，用了一万一千多暴徒的血，涂满了这些银色山岭上的冰雪，可是他们从望远镜里所看到的汉城，并不比二十天以前近多少。

这是为什么呢？为什么这个大名鼎鼎的帝国主义，二十多万军队二十多天连十多公里都走不了呢？

是他们的炮火不行吗？不是。他们的炮火确实凶恶得很。他们能够把一个山头打得白雪变黑雪，旧土变新土，松树林变成高粱茬（chá）子，松树的枝干倒满一地。假若他们能够把全世界上的钢铁，在一小时内倾泻到一块阵地上的话，也是不会吝惜的。

可是，他们还是不能前进。

是因为他们的飞机不多吗？不行吗？或者是他们和地面的配合不好吗？也不是。他们的飞机独霸天空，跟地面的配合也并不坏。他们可以任意把我们的前沿阵地和前线附近的村庄，投上重磅炸弹和燃烧弹，使每一块阵地都升起火苗，可以把长着茂草的山峰，烧得乌黑。

这样，他们能够前进了吗？仍然不能！

那么，是因为他们攻得不疯狂吗？更不是。一般说，当他们的第一次冲锋被击溃之后，第二次冲锋组织得并不算太迟慢。开始他们每天攻两三次，以后增加到五六次、七八次，甚至十几次。在我们阵地前，尽管美国人的死尸已经阻塞了他们自己进攻的道路，但他们还是派出更多的士兵，用更猛烈的炮火，向我们的滩头阵地冲击。最后，他们的攻击，已经不分次数，在我们弹药缺乏的某些阵地上，他们逼着李伪军和我军胶着（比喻相持不下，不能解决。着，zhuó）起来，被我军打退后，就停留在距我军五十公尺（公制长度单位，米的旧称）外修建工事，跟我们扭击。他们的飞机、炮火，可以不分日夜，不分阴晴，尽量地轰射。夜间，他们拉起照明弹、探照灯的网。最后，他们又施放了毒气。你们看，除了原子弹，他们所有的都拿出来了，他们所能够做的，都毫无遗漏地做了，他们的攻击可以说是不疯狂吗？

可是，他们前进了没有呢？没有。

那么，到底是因为什么呢？原因很简单，这就是在敌人面前，在汉江南岸狭小的滩头阵地上，隐伏着世界上第一流勇敢的军队，隐伏着具有优越战术素养的英雄的人！

当然，战斗是激烈而艰苦的。——这并不像某些人所想的，我们的胜利像在花园里、原野上随手撷（xié，摘下）取一束花草那么容易。这儿的每一寸土地，都在反复地争夺。这儿的战士，嘴唇烧干了，耳朵震聋了，眼睛熬红了。然而，他们用干焦的嘴唇吞一口炒面，咽一口雪，耳朵听不见，就用结满红丝的眼睛，在滚腾的硝烟里，不瞬地向前凝视。这儿团、师的指挥员们，有时不得不在烧着大火的房子里，卷起地图转到另一间房子里去。这儿的电话员，每天几十次地去接被炮火击断的电话线。在弹药打光的紧急时刻，他们就用被炮火损坏的枪把儿、刺刀、石头，把敌人拼下去。

某天夜晚，我到达某团指挥所的一间小房子里。一张朝鲜的小圆炕桌上铺着地图，点着一支蜡烛。飞机正在外面不断地嗡嗡着。副师长和团长、政治委员在看地图。他们研究妥当以后，副师长——一个中年军人，打开他那银色的烟盒，给了我们每人一支香烟。我们正在蜡烛上对火，突然随着嗵嗵两声巨响，蜡烛忽地跳到地上熄灭了。蒙着窗子的雨布也震落下来。照明弹的亮光像一轮满月一样照在窗上。

但谁也没有动。团长把蜡烛从地上拾起，又点着了。政治委员拂去地图上震落的泥土。警卫员把雨布又蒙在窗上。我们又点起了香烟。（大家镇定自若的表现透露出志愿军作战的信心和勇气。）

团长像征求别人同意似的笑着，瞅着副师长，说：“副师长！你看我们的战斗有点儿像《日日夜夜》吧？”

副师长沉吟了一下，声音并不高地说：“是的，我们正经历着没有经历过的一场战争。我们，不——”他纠正自己，指了指地图上画着的一条粗犷的红线，“这儿的每一个人都在经历着‘日日夜夜’似的考验。”他停了一下，忽地弹掉烟灰，微笑着，“不过，我们的沙布洛夫是不少的！”

在战斗最紧张的一天，在师指挥所，我听到师政治委员——他长久没有刮胡子，眼睛熬得红红的，在他每次打电话给他下级的时候，总要提到这几句：“同志们！你们辛苦了吧？”他似乎并不要下级回答，紧接着说，“我知道你们是辛苦的。”然后，他的声音又严肃又沉重，“应该清楚地告诉同志们坚守的意义：我们的坚守，是为了钳制（用强力限制，使不能自由行动。钳，qián）敌人，使东面的部队歼灭敌人。没有意义的坚守和消耗，我们是不会进行的。你们都清楚，我们一定要守到那一天。”停了一停，又说，“还要告诉同志们，有飞机大炮才能战胜敌人算什么本事呢？从革命的历史来看，反革命的武器总是比我们好得多；然而失败的总是他们，而不是我们。不要说在这方面超过他们，假若一旦平衡，或者接近平衡，他们就会不存在了！今天，我们的武器不如敌人，就正是在这样条件下，我们还要战胜他们。我们的本事就在这里！”他把耳机移开，似乎要放下的样子，但又迅速拿回来，补充了一句，“我们的祖国会知道我们是怎样战胜敌人的！”

在阵地上，战士们就是以政治委员的同一英雄意志，进行着战斗。

这里，我要记下一段两个人坚守阵地的故事。其中一个名叫辛九思，我亲自访问了他。我很快发现他是一个别人说半句话，他就懂得全句意思的聪明青年，今年才二十岁，黑龙江人，是一个刚入党两年的共产党员，现在是副班长。在出国以后的战斗中，他像许多战士一样，裤子的膝盖、裤裆都飞了花，但他补得很干净。站在那儿，是那样英俊而可爱。某天傍晚，当他到前哨阵地反击敌人回来以后，见自己排的阵地上，许多战友都坐在自己的工事里，还保持着投弹射击的姿势，却牺牲了。只剩下战士王志成一个人，聚精会神地蹲在工事里，眼往下瞅着。神色仍然很宁静，半天才打一枪。敌人不知道这儿有多少人，也不敢上来。辛九思爬到王志成的身边悄悄地问：“你还有弹药吗？”王志成指指仅剩的两粒子弹，悄悄地幽默地答：“只有他兄弟两个啦，你呢？”（用幽默的语言说出战场上弹药即将耗尽的危机，生动地体现出志愿军战士的革命乐观主义精神。）辛九思用大拇指和食指比了一个圆圈。这时，天已经黑了。敌人的哨音满山乱响。敌人的炮已经进行延伸射击。后面的连阵地上，也哇啦哇啦地说着外国话。——显然，连的阵地已经后撤了。王志

成说:“副班长,连的主力已经撤了,怎么没有送信来呢?”辛九思说:“是呀,怎么没送信呢?可是没命令,我们就不能撤。我们不是给班长表示过,只要有一个人就要守住阵地,有两个人还能丢掉阵地吗?”王志成点点头说:“那当然。我的决心早下了。人家很好的同志都为祖国牺牲了,我们死了,有什么关系!”辛九思马上纠正他说:“哪能死呢!天塌大家顶,过河有槎(chá,木筏)子。敌人上来咱们砸他一顿石头,往坡下一滚,那些胆小鬼不会找着咱们的。我刚才就是这样滚下来的。”说到这里,王志成像忽然想起了一件事情,说:“副班长,咱们俩还是快蹲到两个工事里吧,炮弹打住一个,还有一个守阵地的!”说着,两个人就蹲到两个工事里了。辛九思又探过头去鼓励地说:“王志成!好好坚守,回去给你立功啊!”王志成在星光下笑了一笑,点了点头。他们就是这么沉着,一点儿也不慌乱,一会儿看看前头,一会儿听听后面。这时,敌人的炮,已经向阵地的后方,打得更远更远了。四处的阵地上,敌人乱糟糟的。这里已经像一座海水中的孤岛,但敌人仍旧不敢上到这个给他们打击最严重的阵地。几个钟头过去了。夜深风冷,他们的身上、枪上结满了霜花,冻得在战壕里跺着脚。王志成又招呼辛九思:“副班长!咱们这儿怪冷清的,咱们吃炒面吧,别叫饿着。”“好吧。”辛九思答应着。两个人就把炒面袋子解开，风呜呜吹着，吞一口炒面，就要把口儿连忙捂住。直等通信员踏过膝盖深的白雪来叫他们的时候，他们才按着北斗星的指示绕过敌人走回来。

当这个战士叙述完他的故事之后，他用他年轻人特有的明闪闪的眼睛看着我，又补充说：“出国以来，人家非党群众还那样坚决，都提出立功入党呢；我是个党员，又有什么可怕的呢！假若战争打到东北，打到咱们的祖国，”说到这里，他的眼睛像生起一片阴云似的暗了一下，随手一指面前一个背着小孩儿还希图（希望达到某种目的）在烧焦的房子里找出什么东西的朝鲜老妈妈说，“我们的父母还不跟她一样的吗？……你不知道，我是个最不爱流泪的人。我认为男子流泪，是羞耻的。在旧社会的时候，我母亲把我卖给别人，我母亲哭得像泪人一样，但我没有掉一滴眼泪。可是这一次到朝鲜，我看见朝鲜老百姓被美国鬼子害得那么苦，我哭了。现在，已经春天了，老百姓的地还没有种上，他们将来吃什么呢？……要是美国鬼子打到我们的祖国，像这样的炸，像这样的烧，咱们国家人是那样多，村庄又是那样稠（chóu，稠密）啊！……”

战士们，他们就是这样地战斗着，就是怀着这样伟大的不可战胜的心灵坚守着。

因此，你可以明白：敌人在这样的战士面前，虽然拥有火力优势与空军的助战，但是必定不能打胜的。

而且，还要特别指出：在敌人这样的炮火下，敌人的死伤，总是远远地超过了我们。

这里我要举一个并不出色的连队来做例子。这个连队正因为不出色，常遭其他连某些年轻战士的嘲笑，甚至给他们加上一些诨号（外号。人的本名以外，别人根据他的特征给他另起的名字，大都含有亲昵、憎恨或开玩笑的意味）。这次阻击（以防御手段阻止敌人增援、逃跑或进攻），人们又以为这个连打得不好。据团首长亲自到该连的阵地上检查，该连某个排的阵地前，就有五十一具美国鬼子的尸体。这个排虽然最后只剩下六个人，其中还有两个负伤的，但正是这六个人，还使冲到面前的十六个美国人做了俘虏。

在汉江南岸的日日夜夜里，我们英雄的部队，他们并不只是用坚强的防守，使敌人在我们的阵地前尸堆成山，血流成河；重要的，他们还不断用强烈的反击，夺回阵地，造成敌人更惨重的伤亡。我不断听到指挥员告诉他们的部队："不能在敌人面前表现老实，你们不应该挨打，应该反击，坚决地反击！"

某次，敌人进攻部队的一个营，已经进到距我某师指挥所不足一千公尺。当天晚上，我们某部就进行了一次强大的反击。他们切断了这个美国营的归路，几乎将这个美国营全部歼灭，活捉了八十多个俘虏，仅有少数敌人逃窜。据这个部队的一位负责同志告诉我：“当我们的部队一听说去反击敌人的时候，你不知道从哪里来的那股劲儿，就好像春天头一回放青（把牲畜放到青草地上吃草）的马子一样，连缰绳你都拉不住了。那天晚上，很远很远，我就听见炮兵排长喊：‘预备——放！’‘预备——放！’营长骂他们：‘你们声音这么高干什么用呢？’他们还是：‘预备——放！’‘预备——放！’他们真是兴奋得连别人的话都听不见了。有一个失掉联络的尖兵班，别人都不知道哪里去了，结果是因为他们走得太快，一直钻进敌人的心脏里消灭了敌人一个班，还带回来五个俘虏，大家才找着了他们。你看莽撞不莽撞？最有趣的，是我们的一个排长张立春同志，他是立过五个大功的战斗英雄。这次，当他扑到敌人阵地上的时候，他看到有四个美国兵都把下半截身子装在睡袋里。他急了眼，来不及等后面的同志，先打死了一个，接着就扑上去，用脚踏住一个，两只手抓住另外两个家伙的头发，摁了个嘴啃泥，一边狠狠地说：‘中国人过去总是在你们的脚底下，今天，你们该低低头了！’两个家伙又不懂他的话，只是翻着白眼。……你看看咱们的同志，哪个不像个小老虎呢！”

在激烈而艰苦的阻击战中，无论指挥员和战士都像盼望跟最亲爱的人会面一样的，盼着这一天的到来，即二月十二日，这一天是我汉江东段部队出击的日子。果然，这一天，一秒钟，一秒钟，接近了，来到了。马上，不出三天，就传来横城歼敌两个师的消息。这两个胜利汇在一起，就是我们祖国人民所看到的——汉江前线歼敌两万三千余人——那个凝结着无数英雄故事的数目。这时候，前线的战士们，拍拍身上那日日夜夜的尘土，就跨过将要解冻的银色的汉江，井然有序地回到汉江北岸休息了。可是胆怯的敌人，在我们撤退的后两天，还不敢踏上那闪射着英雄光辉的银色的山岭。

一九五一年三月十六日

成长启示

阵地上只剩下辛九思和王志成两个人，王志成的枪里只有两颗子弹。在这样的情况下，两人依然保持着革命乐观主义精神，相互配合，坚守阵地。两位战士在绝境面前依然不懊丧、不放弃的精神令人敬佩。这也启示我们：困难不可怕，可怕的是失去战胜困难的决心。

要点思考

1. 结合文章，你觉得志愿军战士之所以能抵挡住美国侵略者的前进步伐，最主要的原因是什么？

2. 文章中，作者举了一个“并不出色的连队”的例子，他们真的不出色吗？你怎么看？

火线春节夜

导读 一场激烈的战斗结束后，炊事员给战士们送来了从祖国运来的肉。战士们才意识到这一天竟然是大年初一！他们会怎样度过这个特殊的“战地春节”呢？让我们来看一看吧。

在汉江南岸的日日夜夜里，谁会想起这一天就是春节呢。阵地上，山草燃烧过的地方，还是黑乌乌的，打落的松树枝干，到处散落着，有什么不同会使人想起这一天就是春节呀！

黄昏，战斗停下来。这块阵地上的一小片松树林，只剩了三棵。一棵烧黄了一半，一棵歪着脑袋折下来，垂在地上；但是，有一棵还完整地黑森森地站在那儿。（通过环境描写，侧面体现出刚刚过去的战斗异常激烈。）

经过一天的激战，早晨送来的饭一时咽不下去，人们就扯起乱谈来了。

有一个战士说：

“你们说，到底是渴难受呢？还是饿难受呢？”

“是渴难受呀！”

“我也说是渴难受！饿，我倒满不在乎。”

但一种论调的出现，总是会有另一种论调来反驳的。马上有人说：“你们说渴难受，可飞虎山五天五夜只吃了两顿饭，地上掉的六七个生棒子粒儿，你们都捡起来吃了。你们为什么裤腰带勒（lēi）一把又一把，皮带眼儿不够了，又往上钻新眼儿呢？”

马上又有人反驳他：“你说渴不难受，敌人的炮把雪打黑了，你为什么抓一把就塞到嘴里，吃得那么香呀？”

正争论着，忽听山坡上有一个粗壮的、嘹亮的、愉快的声音喊：

“同志们！今天是大年初一呀，我给你们送肉来了！”

大家一看，是炊事员老张，正背着一个大口袋，从侧后面的山坡往上爬。他呼呼地喘着，简直像架风箱似的，可是还上气不接下气地喊：

“同志们！我代表……伙房，我还，还代表司务长给同志们拜年啦！”

大家一听，都带着几分惊奇、几分恍然大悟的神气说：“哦，今天就是大年初一呀！”

有人似乎不相信，还在那儿屈指算着，最后才肯定：“一点儿不错，今天是大年初一！”

炊事员老张走上来，满脸笑嘻嘻的。他对同志们确是非常亲爱的哩。他把口袋往地上一放，掏出许多红红绿绿四四方方的纸包。有的包着肉，有的是咱们老张他用朝鲜方法做成的大米面打糕。他双手捧着给每个人分了两包。当他把肉分给每一个人的时候，还特别加上一句：

“同志，不要轻看，这是祖国来的哩！”

“真是祖国来的？”

“真是祖国来的咧！”他梗着脖子，骄傲地说。

有的战士，马上把肉块子举得高高地喊：

“同志们！你们看，这是从祖国来的！”

有的战士，熬红的眼睛亮晶晶的，看着手里的肉笑着；有人马上就咬了一口；有人小心翼翼地放到工事里，生怕谁把它碰着似的。

春节来了，祖国又送来了慰劳品，能叫人不高兴吗？阵地上，马上热闹起来。

班长立刻分派有的人去捡小松枝生火盆；有的人去用刺刀刮开被炮火打黑的雪层，挖出干净的白雪；有的人到山下头河沟里背冰块；自己用缠着绷带的手找出雨布，把洞口蒙上，防止漏出火光。不大工夫，一缸子一缸子的白雪，小白铁锅盛着冰块，就在火盆上炖起来。大家挤着围着，轮换着用小刀把肉一片一片地切开。小火苗的光，忽闪忽闪，照着每一个年轻的脸，红艳艳的。（战士们分工明确，捡松枝、生火盆、挖雪、背冰块等一系列活动，渲染出前线特有的春节气氛。）

有人指着自己的一缸子白雪、几片肉、一块朝鲜打糕，还有早晨剩下的米饭说：

“你看，这还不是好几个菜吗？这年过得蛮不坏哩！”

又有人从另一个洞口探出头来，悄悄地叫：

“到我这里来吧，我还有一个小鱼儿，比你们还多一个菜哩！”

这时候，像往日一样，晚班的敌机又来了，沿着我们的阵地，丢了一长串照明弹，间隔一般般远，荡荡悠悠的，在那儿悬着，像是天灯似的。敌人的炮，半天打一下，一声近，一声远。

可是，战士们除了专门警戒的人以外，他们还是要度自己的春节呀。

已经有一缸子冰雪炖化了。他们端着，像名酒一样珍贵，自己只喝一小口，就亲热地传给别人。吃肉的时候，总是捏起一片，先瞅瞅它，然后才轻轻地送进嘴里，一小口，一小口地吃着，像生怕把它一下吃完，再不能品祖国的味道似的。

有一个战士，像忽然想起了什么，把茶缸子从嘴边移开，说：

“今天，在咱们祖国，不定多热闹呢！”

“是呀，秧歌不定扭得多欢哩！”

有人插嘴：“你们是留恋后方的和平生活吧！”

这话，真让刚才说话的同志不高兴。他马上把茶缸子放到火盆边上：“我要是留恋后方生活，我就不出来！我要是想让咱们的祖国变成朝鲜这样子，一个村，一堆火，光光的马路不能走，把脸贴到地皮上钻洞，吃雪，我出来干什么？我出来，就是为了我们的祖国天天像赶集那么热闹，扭秧歌，打花鼓，种田，唱歌，学文化，在马路上随便走！”

班长说：“算啦，算啦，这是过年，又不是开讨论会。”

有一个粗声粗气的声音，好像要武装解围似的，说：“什么热闹不热闹，我看哪儿的鞭炮也比不上咱们这儿热闹哩，又用不着花钱买！”

这个班里，可就是有一个人不说话，托着腮帮子。

班长说：“你怎么不说话哩？”

“我说什么？”他抬起头，把手放下来，“你们张口合口祖国，祖国，你们都是有脸回祖国的人啦，咱们班立功的立功，入党的入党，就剩下我一个落后的人啦！”

大家赶忙解释：

“你也不算落后呀！”

“是呀！你今天成绩也不错呀！一个人抱着机枪打，打坏了，又用卡宾枪打，你今天不是打死七八个敌人吗？”

班长也说："你的成绩，已经报告给连长了；再说支部现在正讨论你的问题呢。"

一个战士，紧紧凑近他的脸，用一副逗笑的样子，说了一段快板：

小伙子，你别悲观，
愁眉苦脸多难看。
只要你的决心大，
立功入党不困难。

大家哄地笑起来。

"我并不是悲观，也不是单纯为了立功、入党；"他脸上似乎走过笑纹，解释着，"我是埋怨自己对祖国、对朝鲜人民的贡献太小，比起同志们太落后了。这次出国，我看到朝鲜人民实在被美国强盗害得太苦；就是朝鲜解放了，你们都挂着奖章回去，我在这儿帮助朝鲜老百姓盖房，也要争取多出些力……"

忽然，洞口的雨布一动，探进一个头来，紫黑的脸膛上，蒙着一层灰泥，几乎可以说他只是戴了半个帽子，另外半个被烧去了一大块。大家一看，嘿，这不是排长嘛！

大家亲热地招呼着：

"排长，年过得好呀！"

“你们班过得好呀，同志们。”

有的给排长端水，有的给排长拿肉，又一齐挤着给排长腾地方，可排长只能挤进来大半个身子。

排长说：“同志们，注意！我传达连部的一个指示。”大家静下来。排长接着说：“刚才指导员到我们那里宣布，营里今天表扬我们连打得好，有许多同志立了功。你们班长负伤不下火线，领导全班打垮敌人十二次冲锋，立一小功。”大家都注视着班长，班长的脸稍稍一低，似笑非笑地看着自己缠着绷带的手。只有那个未入党的同志，眼睛圆圆的，看着排长。排长又继续说：“另外，支部还宣布王瑛同志候补党员转正。”那个未入党的同志眼睛瞪得更大了。排长这才注视着他，说：“支部还批准王淑金同志，成为中国共产党的候补党员！”

呀！大家的眼睛唰地全瞅着王淑金啦。假若是王淑金自个儿在这个洞里多好呢，偏偏有这么多的人，叫人怎么表示好呢，应该说什么呢，手应该放在哪儿呢，决定不笑吧，脸上已经笑出来了，决定沉静一点儿吧，脸上已经发烧了，大概是红了，他应当怎么好呢？

“王淑金，你怎么不说话呀！”

“王淑金，表示表示态度呀！”

“我，我，”王淑金脸红着，结结巴巴地说，“同志们，我，我会对得起‘共产党员’这四个字的！”

“同志们，为了庆祝你们立功，入党，”排长从口袋里摸出了一个大半截香烟头儿，说，“咱们营长从团长那儿拿来了两支烟，营指挥所合抽了一支，剩下一支给了咱们连长，连长、指导员抽了小半支，就把这半截给了我。”

见了这半截烟，抽烟的人眼珠子都快掉出来了，但还是客气地说：

“排长抽吧。”

排长在火盆里小心地点着，抽了一口，就递到王淑金的手里，又拍了拍他的肩膀，叽叽嘎嘎地笑着走了。

王淑金没有抽就递给班长，班长强迫他抽了一口，然后，每一个人又各抽了一小口。淡淡的烟环，你是带着多少日日夜夜的辛劳，带着多少光荣愉快的心，在这个小洞里撞击着、舞动着呀！人们瞅着你，似乎听出你撞击着的银铃一样的声音啊。

……正在这时候，大家同时听到外面有一阵呜啦呜啦的怪响。

班长爬出洞口，大家也跟着爬了出去，谛听（仔细地听。谛，dì）着。

一阵怪响过后，只听山坡下面喊：

“共军兵士们！今天我要对你们讲几句话。……”

大家知道：这是敌人又进行阵前广播。那广播匣子又继续叫：

“今天过年了，你看你们在山上多苦哇，吃不上饭，喝不上水，脚也冻肿啦……”

马上有人骂：“去你的！”

但那广播机，还照样说它的：

“我们联合国军队，是为了拯救朝鲜来的；联合国已经宣布了你们是侵略者……”

“乓！”不知道是谁忍不住开了一枪，接着骂：“我们进屋不脱鞋，还要自我检讨哩，我们是侵略者？”

班长跳起来喊：“打这个蒋介石派来的狗杂种！”

乓乓乓乓乓乓……阵地上响起了从美国人那里缴来的卡宾枪、自动枪声。

那广播机还继续着：

“你看我们有飞机大炮，你们有什么呢？快快投降吧！你们可以从小路过来……”

战士们有好几个声音同时骂，有的还用手指着敌人：

“有飞机大炮，你们为什么冲不下来老子的阵地呀！”

“老子就是没飞机，也把你们追到这里啦！”

“老子要有飞机，早把你们撵到南海里喂王八去啦！”

“投降？先缴给你些子弹头吧！”

又是一排乓乓的自动枪声。

但广播机还在响。这时，王淑金走到班长的面前说：“报告班长，我去搞掉广播机。”

“我也去！”王瑛说。

“我也去！”

“我也去！”

“听命令！”班长严肃地说，“王淑金和王瑛两个人去。”

两个人把手榴弹盖咬开，把子弹也摸了一摸，顺着山坡走了下去。

三十分钟以后，只听轰隆轰隆几声响，那广播机正说到“如果不然，我们一定要消灭你们……”的时候哑然无声了。

可是等了一个钟头、两个钟头，也不见他们俩回来。

班长是多么的焦急呀，他让大家回洞里休息，自己蹲在哨兵旁边等着。

下半夜，听见下面的松树枝叶簌（sù）簌地响。一看，影影绰绰地，好像有五六个人影往山上爬。仔细一听，嘀里嘟噜的，似乎还有外国人说话。

班长悄悄地招呼哨兵：“准备好！”说着把手榴弹弦挂在手指上。

“谁？”

“我。”是王淑金的声音。

班长惶惑（疑惑畏惧）着，但警惕性是很高的，他大声喊：“为什么人那么多？”

“是我们捉的俘虏。”王瑛答。

班长一阵高兴，不由得喊：“同志们，他们捉了活的来啦！”说着，加快脚步迎上去，班里的人也争着钻出洞口跑过来。

只见王淑金和王瑛每个人背着七八支卡宾枪，站在后面；前面是四个俘虏；另外还有一个穿便衣的也拿着枪站在一边。那几个俘虏，好像一个个没有长着枝叶的秃树桩子呆在那里。

班长兴奋地说：“同志，你们怎么搞的呀？”

那个穿便衣的抢着说：“这是班长吗？我还要向你道歉哩！……我是师部的侦察员，上级叫我去‘捉舌头（捉俘虏了解敌情）’，我发现这四个家伙，”他指了指那四个秃树桩子，“正躲在一个小屋里，钻在睡袋里打鼾（hān）哩。可一个人真不好下手，正巧，碰上你们这两个大将啦，我请他们帮忙，就把这几个家伙给擒来啦。也没有经过你同意，真对不起！”

班长早已经乐得不行，连说：“那没有什么，没有什么！”

那几个俘虏，见人们都跟班长说话，就扑通扑通给班长跪下了，边磕头边用手掌锯着脖子，嘀里嘟噜地咕噜着，引得大家一阵乱笑。战士们也用手锯锯脖子，摇摇手，他们才一个个拘拘谨谨地站起来，又像半截秃树干似的呆在那里。

王淑金和王瑛走到班长面前，把肩上的枪放在地上。王淑金说：“报告班长，我们把广播匣子炸坏啦，以后又配合他们捉俘虏。回来，我们看见山底下，有一堆二十多个尸首，都是被咱们白天打死的美国强盗，我们一共捡回卡宾枪十三支，临回来我们把他们一个个都翻了个脸朝上……”

“那是为什么呢？”班长问。

“为什么？”王淑金气昂昂地说，“他们明儿个敢进攻，就让他进攻的时候看看吧！”说着，又指着地上的枪，“班长看看这枪好使不？”

班里的同志们争着拿起枪来，班长也拿起了一支，枪上面结满了霜花。他用衣袖拭了拭，朝着敌人的方向，乓乓打了几枪。战士们也都手痒得禁不住打一枪，喊一句：

“小子们！看明天的吧。”

“小子们！看明天的吧。”

枪声在山谷里清脆悦耳地响着。

夜风呜呜地吹着，启明星已经升起。

在汉江南岸的日日夜夜里，谁会想到这一天就是春节呢。可是春节不回避任何艰苦的地方，它在战士们的阵地上，像在祖国一样，用它愉快的脚步走过了。

一九五一年三月二十五日

战士和祖国

导读

在汉江南岸的景安里战斗中，战士姜世福不幸身负重伤，当面临死亡的时候，他会留下什么样的心愿呢？一个不过二十一二岁的伤员，又为何与指导员发生争执？接连战斗几昼夜后，来不及吃饭，又要一气赶一百四十里路的部队，能否顺利到达目的地呢？

这里我不准备再说更多的英雄故事，朋友们，你们已经知道得不少了；虽然，你们所知道的不过是千百件中的一件。

我想说的是，当志愿军现时还拿着劣势武器的时候，为什么敌人凶残的炮火、飞机吓不倒他们，并且表现了世界人类最大的勇敢、最强的战力？而能够把世界上帝国主义中最强大的美国侵略军打得落花流水（原来形容春景衰败，现在形容惨败）、一败再败？换一句话说，这个部队的每一个成员，是一种什么伟大的力量在支持着他们？或者说，英雄们的心灵深处，到底是怀藏着一种什么奇异的东西呢？

这个问题，我是慢慢得到答案的。

在我们部队开到汉江北岸休息的时候，一次，我到一个班里去开一个座谈会。坐在我身边的这些战士，他们身上披满了日日夜夜的灰尘，有的军衣上还有被燃烧弹烧着的痕迹。他们并不骄矜（骄傲自大。矜，jīn）地，而是谦逊地注视着我。我看到他们这样纯朴可爱的面貌，心想：这就是跟全世界最凶残的帝国主义作战的战胜者呀！这就是那些打到一个人也要守住阵地的坚定的人、勇敢的人啊。我不由得带着敬意说：

“同志们！你们辛苦了。”

可是话音还没有落地，就立刻听到他们几乎是同时的回答：

“为了祖国，这算不得辛苦！”

“为了祖国嘛。”

“我们，为了祖国！！！”

还有一个又高又大的战士，把他一双带着血茧（jiǎn）的大手，伸到我的面前，笑嘻嘻地说：

“我这双手，就是为了咱们的祖国干活儿的呀！”

说过，他们一齐用眼睛注视着我。

我，我怎么能够一下说出这声音里是含着什么一种东西啊；我只是觉着这种声音的分量，强烈地把我震撼着。

……座谈会结束了，战士们还不愿意散。有一个战士，又打量了我一下，问：

“同志，你是从北京来的吗？”

“是呀。”

“那么，”他注视着我说，“你知道咱们的毛主席怎么样啊，他的身体好吗？”

我还没有回答，就有人插嘴说：“我想，他那样忙，他的身体一定会瘦些。”

“是会瘦些的。”有几个战士点着头。

我回答说：“毛主席当然很忙，可是毛主席的身体很健康。”

这时候，年轻的战士们，越发显得愉快活泼起来，问这问那。有人问起天安门，有人问起东北的工厂，有人问故乡的土地改革，有人问学生的参军，有人问祖国去年庄稼的收成，有人问祖国某条铁路线的双轨铺到哪里，一直问到我平常毫不注意的一些问题。总之，他们是在关怀着我们祖国广大国土上的一切。他们醉心地谈着，就好像谈着一个最亲密最心爱的人，愿意连她的头发都要谈到。

我笑着说：“嘿，你们是这样爱谈祖国的呀！”

“嘿，不光我们，我们的指导员还作了一首诗呢！”

“什么诗啊？”我忙问。

有一个战士背诵着：

中华儿女扛起枪，
抗美援朝出边疆；
流血牺牲全不怕，
我为祖国来增光！

会后，我把战士热爱祖国的感情告诉了团政治委员。他点了点头，说整个部队差不多全是这样，并且给我讲了这么一段故事。

某团有一个班长，名叫姜世福，他又是党的支部委员。处处坚持真理，刚强得很。不管是什么人要有一丝一毫违犯纪律的现象，叫他看见了是不行的。这次在汉江南岸景安里战斗中间，他打死了许多敌人，自己也负了重伤。眼看这个刚强可敬的战士就要与世长辞了。他的脸色和平时一样，不过当他看同志们的时候，眼睛里含着更加深厚的感情。卫生员赶过来给他包扎伤口，他摇摇头，声音很低地说：

“同志们，我不能跟你们就伴（做伴；搭伴）了。”

同志们凑近他的脸，说：

“老姜，你还要留下什么话吧？”

他摇摇头，握住离他最近的一只手，说：

“只要祖国人民知道我是怎样牺牲的，我就……”（一句朴素的话饱含着对祖国的深情，这份感情可以超越生死。）

说着，他的脸上露出一丝恬然（满不在乎的样子。恬，tián）的微笑，眼睛从容地慢慢地合上了……

当政治委员说完这段故事之后，他严肃地沉思着说：

“当然，在我们没有出国之前，谁也知道是为了祖国，可是当出国之后，看到种种情形，好像才更加知道什么是祖国，更知道她的可爱！”他又说，“就拿我们团长来说，不也是这样的吗？……二次战役，我团在连战几昼夜之后，又受命迂回敌人，要一气赶一百四十里路。部队来不及吃饭，就连明彻夜地赶。走了九十多里，部队就又困又饿拖不动了。有的困得前仰后合地向前走；有的脚上打满了泡，摇摇晃晃地走；还有一个营，坐下休息了。可是我们的团长呢，他年纪那么大了，身子又弱，当他看到一个营停下了，他就喘吁吁地，很吃力地赶上去责备那个营长；随后，站在那里，提高声音，对大家说：

“‘不要忘记，我们是从什么地方来的！——我们是从鸭绿江北面来的！’大家伙看着他，一个说话的也没有。说着，他又用手指了指北方，非常严峻地问：

“‘同志们，鸭绿江北岸是什么地方？’

“‘是祖国！’队伍回答。

“‘是啊，是祖国。’团长用深沉的语调重复着，又问，‘那么一百四十里路，我们走了九十里就休息了，把敌人放跑，我们对得起祖国吗？……’”

政治委员说到这里，不由得笑着，又说：“你说怪不怪，一提‘祖国’，就有这样大的力量！部队没有休息，一直插到目的地。”

祖国，祖国，你在战士们的心灵上，是有着多么大的力量啊！你不仅仅是挂在战士们的嘴边，你是在战士们的心灵深处生根、发芽和开花了。

为了进一步了解英雄们的心灵，我在继续地留意着。

某天黄昏，我要到前线去，看到前面村头上围着几个人。只听一个高高的声音说：

“老乡！我不愿意下来嘛，他们硬让我下来啦！”

我走上前去一看，见是几个东北担架队的老乡，正围着一个躺在担架上的伤员在那儿说话。那个伤员，不过二十一二岁，看来是我们队伍中一个很平常的战士，并没有什么惹人注意的地方。他头上团团地缠着绷带，两只手也缠着绷带露在被头外面。老乡看我站在那里，有一个就向我惊叹地说：

“小伙子真是好样儿的哩！”

“骨头真硬，真够得上是一个志愿军！”另一个补充着，“他一个人打死了好几个美国鬼子哩。一颗大炮弹落到他旁边，他头上带花了，把他震得昏昏迷迷的。可是卫生员给他绑扎好，正要往下背他，他醒来了。

他说：‘你们让我下去干什么哩？我不下去。’又抱着一挺机枪打；第二次，他又被子弹打掉了一个手指头。指导员让他下去，他又说：‘人这么高，这么大，少一小块肉算什么哩！我不能打枪，我还能压子弹。’因为战斗很激烈，也就允许了他；可是第三次，他的另一只手又在撇手榴弹的时候挂花了。他怕指导员催他下去，先走到指导员面前说：‘指导员！请你千万让我留在这儿。我们的班长已经牺牲了，无论如何我是不能下去的。我的手不能用，我的嘴还可以说话，我要求当通信员！’听人说，在他说话的当儿，手上的血顺手指头向下滴着，他的脸色变都没有变呀。指导员安慰他，劝他下去，他还是不肯。最后指导员给他下命令：‘下去！这是党的决定！’哈！这小伙子才捏着鼻子下来了，你不听，刚才还念叨哩！”

“是呀，”那个躺在担架上的伤员，也许是太兴奋了，他还想打手势，可是他的手没法儿动，只是他的肘弯儿微微欠动了一下，说，“我不下来，满能完成通信任务的嘛！”（动作的细节表明担架上的战士伤势并不轻，但语言上又体现出他的轻松之态，两方面对比，表现了他坚强、乐观的品质。）说完，他的眼睛闪着明亮的青春的光辉，照射着我，似乎说：“同志，你以为我做得对吗？”

我走近他的身边蹲下来，安慰他说：“同志！你真是一个好样儿的，你打得真勇敢！”谁知道这话倒使他不好意思起来了，他的明亮的眼睛，似乎流露出一点儿年轻人的羞怯，微微笑着。

我把他的被头掀起，把他露在外面的手盖上。然后，我注视着他，追问他到底是为什么这样的勇敢。

他笑了一笑，接着严肃地回答：

“同志，我能含糊（胆怯）吗？你想想，自打过了鸭绿江的那天起，我们看到的都是些什么！”接着，他就叙说起从鸭绿江到汉江，他们走过的不是一片片焦土，就是一片片大火，有时候就在两边烧着大火的街道上穿过，或者是在被杀死的朝鲜人的身边宿营。说到这里，他的声调特别沉痛，他说：“有一次，我们住在一个庄子，晚上到的时候还是好好的，老百姓亲热地照顾我们。你说多巧，我们住的那家房东，有一个朝鲜老妈妈，和我母亲的样子一样，也是四十多岁，不过就是穿着白衣白裙罢了。那天我困极了，我就好好地睡了一觉。当我醒来的时候，我发现我裤子挂破的地方，不知道是谁给我缝好了。我一问同志们，才知道是这位老妈妈，让她儿媳妇端着灯，她俯在炕上给我缝好的。我真觉得她和我的妈妈一样呀！可是到了白天，我执行任务回来的时候，就看到这个村子起了大火，房屋全被炸塌啦。到我住的房东家一看，老妈妈的儿媳妇被炸死了，老妈妈的腿也被炸断，还抱着她的小孙子，正跪着半截腿爬呢。老妈妈看见我就哭了，我的眼泪也就掉下来了。我赶忙把小孩子解下来抱着，把老妈妈背到卫生所去。我们班的人，有的恨得跺脚，有的跳起来骂，有的掉着泪。这一整宿，我没有睡着，我翻过来倒过去地想：帝国主义是什么心呀！他为了侵占朝鲜，是不怕朝鲜人灭种的呀！我又想到了自己身上，过去日本鬼子杀死了我的爹，蒋介石抓走了我的哥哥，我只剩下母亲。幸亏毛主席领导得好，胜利了，咱们中国人民翻了身，新中国成立了。我也分了几亩地，娶了媳妇，养了儿女。我不再到别人家里放猪放牛、挨冻挨饿了。我有了家，也有了国。可是，假若让美国鬼子到了咱们中国，我的老娘还会活着吗？我的老婆跟孩子，还会活着吗？他们不光要杀死她，烧死她，他们会把我的房根脚也要挖出来的呀！”说到这里，他稍停了停，他的年轻的眼睛带着痛苦的表情，似乎又回到当时的情景。他又继续说：“那天晚上，我一闭眼就好像看见我们人民的国家是多么好啊，是多么大啊，人是多么稠啊！如果让美国佬那样地炸、烧，把在朝鲜的这一套搬到咱们那里，你想想咱们的祖国会变成什么样子呢？……”他又用充满热情的声音叫我：“同志！再说我们的新中国建立起来是容易的吗？为了她，不知道有多少同志流了血，从南打到北，又从北打到南，算不清走了多少路，打了多少仗，也不知道在各式各样地形上挖过多少散兵坑！有时候为了争夺一间小小的房子拼过命，为几公尺的土地流过血，到现在，多少人的血肉里还包着美国子弹。新中国，这是我们一块肉一片血换来的呀！……这次出国，路过东北的时候，我看见那工厂的大烟囱（cōng）跟小烟囱，像小树林子似的，突突地冒着烟，我的心哪，就像开了花似的。你不知道我心眼儿里多乐，想得多远！难道我们人民的天下，愿意叫它再变了吗？难道我们的建设，愿意叫它变成一堆灰吗？不，强盗们想碰我们的祖国一根毛，我都要叫他们流血！我要叫他们知道他们的脑袋是不是肉做的！”他激动得禁不住又把缠着绷带的手露在外面，“我就想，只要能保住我们的新中国，使我们的人民安全，我个人死到国外算什么！这次打仗负了几次伤，他们就让我下火线，死都没有关系，为祖国，为受苦受难的朝鲜人民流一点点血又算得什么呢？……”

朋友，这就是我要告诉你的，在朝鲜前线上战士们可贵的思想历程，英雄们不可战胜的伟大心灵。这就是在任何残酷艰苦的战斗中点起胜利火花的那种东西。

朋友，让我们更加热爱我们的伟大祖国吧！对于取得革命胜利的中国人民来说，“祖国”，这不是一个普通的词儿，这是一个至亲至爱的名字，崇高的名字。“什么是祖国？”过去总没有一个人能把她用一句话或者几句话恰切地说出来，我想，这的确也是不可能的。

“祖国”，当人们提起她的时候，也许有人想起的，是勤劳纯朴的人民；也许有人想起的，是壮丽的山川和灿烂的文化；也许有人想起的，是天安门上那面染了无数先烈热血的迎风飘舞的红旗；也许有人想起的，是快乐地舒放着烟花的工厂；也许有人想起的，是充满歌声的美丽的园林。当然，他们共同想到的，还有一个人，这个人像他们的父亲，又像他们的朋友，日日夜夜在思虑着，怎样把革命推向前进，怎样使他们避免灾难，得到可能谋取的幸福，——这就是他们值得骄傲的英明的舵师。可是，不管他想什么，他想的会是这一切吧！因此，祖国啊！你不能不让人乐于为你而生，勇于为你而死，为了你而奋发前进！

一九五一年三月二十一日深夜

谁是最可爱的人

导读　在弥漫着烟与火的山冈上，有一群勇士用自己的血与肉抵挡冰冷的飞机与坦克前进；在燃起熊熊大火的房子里，有一个脸膛微黑透红的战士抱起了危在旦夕的孩子……你觉得他们是一群什么样的人呢？下面就让我们去认识一下这群人吧。

在朝鲜的每一天，我都被一些东西感动着；我的思想感情的潮水，在放纵奔流着；它使我想把一切东西，都告诉给我祖国的朋友们。但我最急于告诉你们的，是我思想感情的一段重要经历，这就是：我越来越深刻地感觉到谁是我们最可爱的人！

谁是我们最可爱的人呢？我们的战士，我感到他们是最可爱的人。（开篇代入式的抒情和提问方式，引起共鸣，使人迫不及待地想去了解和认识这群最可爱的人。）

也许还有人心里隐隐约约地说：你说的就是那些

“兵”吗？他们看来是很平凡、很简单的哩，既看不出他们有什么高明的知识，又看不出他们有丰盛细致的感情。可是，我要说，这是由于他跟我们的战士接触太少，还没有了解到我们的战士：他们的品质是那样的纯洁和高尚，他们的意志是那样的坚忍和刚强，他们的气质是那样的纯朴和谦逊，他们的胸怀是那样的美丽和宽广！

让我还是来说一段故事吧。

还是在二次战役的时候，有一支志愿军的部队向敌后猛插，去切断军隅里敌人的逃路。当他们赶到书堂站时，逃敌也恰恰赶到那里，眼看就要从汽车路上开过去。这支部队的先头连就匆匆占领了汽车路边一个很低的光光的小山冈，阻住敌人。一场壮烈的搏斗就开始了。敌人为了逃命，用了三十二架飞机、十多辆坦克和集团冲锋向这个连的阵地汹涌卷来，整个山顶的土都被打翻了，汽油弹的火焰把这个阵地烧红了。但勇士们在这烟与火的山冈上，高喊着口号，一次又一次地把敌人打死在阵地前面。（“三十二架飞机”“十多辆坦克”，用数字具体而有力地体现了敌人的炮火之猛烈，渲染了战斗的紧张氛围，为后面写战斗场面做铺垫。）敌人的死尸像谷子似的在山前堆满了，血也把这山冈流红了。可是敌人还是要拼死争夺，好使自己的主力不致覆灭。这场激战整整持续了八个小时。最后，勇士们的子弹打光了。蜂拥上来的敌人占领了山头，把他们压到山脚。飞机掷下的汽油弹把他们的身上烧着了。这时候，勇士们是仍然不会后退的呀，他们把枪一摔，身上、帽子上呼呼地冒着火苗，向敌人扑去，把敌人抱住，让身上的火，也要把占领阵地的敌人烧死……据这个营的营长告诉我，战后，这个连的阵地上，枪支完全摔碎了，机枪零件扔得满山都是。烈士们的遗体，保留着各种各样的姿势，有抱住敌人腰的，有抱住敌人头的，有掐住敌人脖子把敌人摁倒在地上的，和敌人倒在一起，烧在一起。还有一个战士，他手里还紧握着一个手榴弹，弹体上沾满脑浆；和他死在一起的美国鬼子，脑浆迸裂，涂了一地。另有一个战士，嘴里还衔着敌人的半块耳朵。在掩埋烈士们遗体的时候，由于他们两手扣着，把敌人抱得那样紧，分都分不开，以致把有些人的手指都掰断了……这个连虽然伤亡很大，他们却打死了三百多敌人，更重要的，他们使得我们部队的主力赶上来，聚歼了敌人。（场面描写，描绘了战士们与敌人战斗时的情景，真实且残酷，令人震撼，充分表现了志愿军战士坚忍刚强的意志和伟大的革命英雄主义精神。）

这就是朝鲜战场上一次最壮烈的战斗——松骨峰战斗，或者叫书堂站战斗。假若需要立纪念碑的话，让我把带火扑敌和用刺刀跟敌人拼死在一起的烈士们的名字记下吧。他们的名字是：王金传、邢玉堂、井玉

琢、王文英、熊官全、王金侯、赵锡杰、隋金山、李玉安、丁振岱、张贵生、崔玉亮、李树国。还有一个战士，已经不可能知道他的名字了。让我们的烈士们千载万世永垂不朽吧！

这个营长向我说了以上的情形，他的声调是缓慢的，他的情感是沉重的。他说在阵地上掩埋烈士的时候，他掉了眼泪，但他接着说："你不要以为我是为他们伤心，我是为他们骄傲！我觉得我们的战士太伟大了，太可爱了，我不能不被他们感动得掉下泪来。"（感动营长的是战士们的革命英雄主义精神，这精神打动人心，令人潸然泪下！）

朋友们，当你听到这段英雄事迹的时候，你的感想如何呢？你不觉得我们的战士是可爱的吗？你不以我们的祖国有着这样的英雄而自豪吗？

我们的战士，对敌人这样狠，而对朝鲜人民却是那样地爱，充满国际主义的深厚热情。

在汉江北岸，我遇到一个青年战士，他今年才二十一岁，名叫马玉祥，是黑龙江省青冈县人。他长着一副微黑透红的脸膛，高高的个儿，站在那儿，像秋天田野里一株红高粱那样纯朴可爱。不过因为他才从阵地上下来，显得稍微疲劳些，眼里的红丝还没有褪净。他原来是炮兵连的。有一天夜里，他被一阵哭声惊醒了，出去一看，是一个朝鲜老妈妈坐在山冈上哭。原来她的房子被炸毁了，她在山里搭了个窝棚，窝棚又被炸毁了。回来，他马上到连部要求调到步兵连去，正好步兵连也需要人，就批准了他。我说："在炮兵连不是一样打敌人吗？""那，不同！"他说，"离敌人越近，越觉着打得过瘾，越觉着打得解恨！"

在汉江南岸的那些日子里，有一天他从阵地上下来做饭。刚一进村，有几架敌机袭过来，打了一阵机关炮，接着就扔下了两个大燃烧弹。有几间房子着火了，火又盛，烟又大，使人不敢到跟前去。这时候，他听见烟火里有一个小孩子哇哇哭叫的声音。他马上穿过浓烟到近处一看，一个朝鲜的中年男人在院子里倒着，小孩子的哭声还在屋里。他走到屋门口，屋门口的火苗呼呼的，已经进不去人，门窗的纸已经烧着。小孩子的哭声随着那滚滚的浓烟传出来，听得真真切切。当他叙述到这里的时候，他说："我能够不进去吗？我不能！我想，要在祖国遇见这种情形，我能够进去，那么，在朝鲜我就可以不进去吗？朝鲜人民和我们祖国的人民不是一样的吗？我就踹（chuài）开门，扑了进去。呀！满屋子灰洞洞的烟，只能听见小孩儿哭，看不见人。我的眼也睁不开，脸烫得像刀割一般。我也不知道自己的身上着了火没有，我也不管它了，只是在地上乱摸。先摸着一个大人，拉了拉没拉动；又向大人的身后摸，才摸着小孩儿的腿，我就一把抓着抱起来，跳出门去。我一看小孩子，是挺好的一个小孩儿呀。他穿着小短褂儿，光着两条小腿儿，小腿儿乱蹬着，哇哇地哭。我心想：‘不管你哭不哭，不救活你家大人，谁养活你哩！’这时候，火更大了，屋子里的家具什物（指家庭日常应用的衣物及其他零碎用品。什，shí）也烧着了。我就把他往地上一放，就又从那火门里钻进去。一拉那个大人，她哼了一声，我就使劲儿往外拉，见她又不动了。凑近一看，见她脸上流下来的血已经把她胸前的白衣染红了，眼睛已经闭上。我知道她不行了，才赶忙跳出门外，扑灭身上的火苗，抱起这个无父无母的孩子……”（纯真质朴的感情，出于本能的行动，平凡战士的高尚品质和纯洁心灵跃然纸上，让人为之动容。）

朋友，当你听到这段事迹的时候，你的感觉又是如何呢？你不觉得我们的战士是最可爱的人吗？

谁都知道，朝鲜战场是艰苦些，但战士们是怎样想的呢？有一次，我见到一个战士，在防空洞里，吃一口炒面，就一口雪。我问他：“你不觉得苦吗？”他把正送往嘴里的一勺雪收回来，笑了笑，说：“怎么能不觉得？咱们革命军队又不是个怪物。不过咱们的光荣也就在这里。”他把小勺儿干脆放下，兴奋地说：“就拿吃雪来说吧。我在这里吃雪，正是为了我们祖国的人民不吃雪。他们可以坐在挺豁（huò）亮的屋子里，泡上一壶茶，守住个小火炉子，想吃点儿什么就做点儿什么。”他又指了指狭小潮湿的防空洞，说：“再比如蹲防空洞吧，多憋闷得慌哩，眼看着外面好好的太阳不能晒，光光的马路不能走。可是我在这里蹲防空洞，祖国的人民就可以不蹲防空洞呀，他们就可以在马路上不慌不忙地走呀。他们想骑车子也行，想走路也行，边溜达边说话也行。只要能使人民得到幸福，也就是我们最大的幸福。所以，”他又把雪放到嘴里，像总结似的说，“我在这里流点儿血不算什么，吃这点儿苦又算什么哩！”（人民得到幸福，就是志愿军战士最大的幸福。看似简单朴素的话语却最动人、最可爱！）我又问：“你想不想祖国呀？”他笑起来，“谁不想哩，说不想，那是假话，可是我不愿意回去。如果回去，祖国的老百姓问：‘我们托付给你们的任务完成得怎么样啦？’我怎么答对呢？我说‘朝鲜半边红，半边黑’，这算什么话呢？”我接着问：“你们经历了这么多危险，吃了这么多苦，你们对祖国对朝鲜有什么要求吗？”他想了一下，才回答我：“我们什么也不要。可是说心里话，——我这话可不一定恰当呀，我们是想要这么大的一个东西……”他笑着，用手指比个铜子儿大小，怕我不明白，又说：“一块‘朝鲜解放纪念章’，我们愿意戴在胸脯上，回到咱们的祖国去。”（志愿军战士们经历了无数的艰难困苦，就是为了最终的和平与安定，这才是他们最想要的东西。）

朋友们，用不着烦琐地举例，你已经可以了解我们的战士是怎样一种人，这种人是什么一种品质，他们的灵魂是多么的美丽和宽广。他们是历史上、世界上第一流的战士，第一流的人！他们是世界上一切善良人民的优秀之花！是我们值得骄傲的祖国之花！我们以我们的祖国有这样的英雄而骄傲，我们以生在这个英雄的国度而自豪！

亲爱的朋友们，当你坐上早晨第一列电车走向工厂的时候，当你扛上犁耙走向田野的时候，当你喝完一杯豆浆，提着书包走向学校的时候，当你安安静静坐到办公桌前计划这一天工作的时候，当你向孩子嘴里塞着苹果的时候，当你和爱人悠闲散步的时候……朋友，你是否意识到你是在幸福之中呢？你也许很惊讶地说："这是很平常的呀！"可是，从朝鲜归来的人，会知道你正生活在幸福之中。请你意识到这是一种幸福吧，因为只有你意识到这一点，你才能更深刻了解我们的战士在朝鲜奋不顾身的原因。朋友！你是这么爱我们的祖国，爱我们的伟大领袖毛主席，你一定会深深地爱我们的战士，他们确实是我们最可爱的人！

（志愿军战士在朝鲜的斗争和牺牲维护了祖国的安宁和人民的安全，我们的幸福生活来之不易。生活在和平年代的我们应该懂得珍惜和感恩，铭记和缅怀为祖国富强繁荣付出一切的人们。）

一九五一年四月一日夜草

成长启示

为了切断敌人的逃路，志愿军战士与敌人激战了整整八个小时。被敌人疯狂的火力压在山脚，他们就用血肉之躯挡住炮火，决不后退。战士们坚忍不拔的意志令人动容，我们应该将这份精神继承和发扬下去。无论在什么样的境遇下，钢铁般的意志都是支撑一个人前进的动力。意志不倒，就有胜利的希望。

要点思考

1. 结合历史背景和文章情节，说说你怎样理解“最可爱的人”这一称谓。

2. 联系生活，想一想生活在和平年代的我们，该怎样铭记历史。

我怎样写《谁是最可爱的人》

导读

《谁是最可爱的人》为我们讲述了志愿军战士在朝鲜战场上的英雄事迹。作者笔下的志愿军战士，纯朴可爱，随着作者的讲述，我们似乎回到了那段激情澎湃的岁月。想知道作者是怎样进行创作的吗？答案就在下面这篇文章中。

我能写出《谁是最可爱的人》，最基本的原因，是我们的战士的英雄气魄、英雄事迹，是这样的伟大，这样的感人；而这一切，把我完全感动了。

“谁是最可爱的人”这个主题，是我很久以来就在脑子里翻腾着的一个主题。也就是说，是我内心感情的长期积累。我在部队里时间比较长，对战士有这样一种感情，觉得我们的战士是最可爱的人。每当我和他们坐在一起，不知道为什么，我就觉得满心眼儿地高兴。

这次我到朝鲜去，在志愿军里，这种感情更加深了一层。我更加觉得战士们的可爱。我看到他们在朝鲜战争中，虽然面临的任务是这样艰巨，作战环境是这样艰苦，但我们战士的英勇，比起我过去在抗日战争和解放战争中所看到的，还有着更高的发展。特别这种英勇的普遍性，更是空前的。譬如，我在某步兵团曾了解到一个令人惊讶的数字，这个团，至第三次战役结束止，伤员随队作战的比送到医院休养的数字还要大。这恐怕在世界战争的历史上，也是一种奇迹！这些事实督促着我，使我有一种更加强烈的愿望来表现“谁是最可爱的人”这一主题。

现在，回过头来看，使我更明确了这一点：在现实生活中的深入感受，对写作的人是多么重要！你感受得深了，写出来，也就必然有那么一股子劲儿，人家读了，也就感受得深；你感受得浅，人家从你这儿感受到的，也就浅；你根本还没有感受呢，那就用不着说了。这儿，我还要强调一句，就是深入的感受，跟深入群众火热的斗争是联系在一起的，跟不断地改造自己的世界观是联系在一起的。就拿在战士中的采访来说吧，你跟他们交上知心朋友，你对他们了解得深，他们的气质、思想、感情，就会感染你，使你也沉入他们的情绪中。也就是说，才能使你感受得更深些。

我怎样来表现这一主题呢？首先，我试图追求着最本质的东西。在朝鲜，我脑子里经常想着一个问题：我们的战士，为什么那样英勇呢？就硬是不怕死啊！那种高度的英雄气概是从什么地方来的呢？为了找答案，我和人谈了好多话，开了好多座谈会。我细细跟他们谈，让他们把心里的话谈出来。跟我谈的，有指挥员、战斗英雄、一般的战士、干部、新参军的学生和过去曾经是落后的人。我了解到，他们由于锻炼与认识的不同，虽然有些差异，但是都有着共同的一点，即对于伟大祖国的爱，对朝鲜人民深厚的同情，和在这个思想基础上产生的革命英雄主义。于是，我了解了在毛主席和党的教育下这种伟大深厚的爱国主义与国际主义的思想感情，就是我们战士英勇无畏的最基本的动力。我想，这不是最本质的东西吗？这就是最本质的东西。我肯定了它。我一定要反映它。我毫不怀疑。一切其他枝节性的、片面性的、偶然性的东西，都不能改变我对这个问题的认识。

问题的本质找到了，那么，应该怎么样反映这个最本质的东西呢？在朝鲜时，我曾写了一篇《自豪吧，祖国》的通讯，里边写了二十多个我认为最生动的例子。带回来给同志们看了看，感到不好，就没有拿出去发表。因为例子堆得太多了，好像记账，哪一个也说得不清楚、不充分。以后写《谁是最可爱的人》，就只选择了几个例子，在写完后又删掉了两个。事实告诉我：用最能代表一般的典型例子，来说明本质的东西，给人的印象是清楚明白的，也会是突出的。(借助具体事例，阐述写作中接纳建议、进行改进的过程，真实而有说服力。)

写战士怎样才写得生动？我觉得不仅应写战士的英雄行为，还要写出英雄的思想感情。譬如写一个激烈的战斗场面和战士的英雄行为，如果仅仅写敌人炮火多么厉害，敌人如何凶猛地往上冲，经过我们战士的一阵手榴弹，把敌人打下去了，接着敌人又第二次冲锋，第三次冲锋，我们的战士又是第二次、第三次地用手榴弹把他们打下去了等等，很可能使读者感到我们的战士不像一个活的人，而煞像一个投手榴弹的机器。这就是只写了战士的一层皮，没有写出英雄的灵魂。把活的人写死了，把英雄的人写成了纸人纸马，再出奇惊人的事迹，也觉得不太感动人。可是，如果我们写出了战士的思想感情，那给人的感觉就会大大不同。他们会感到：原来做出这样英勇行为的人，是跟自己一样有血有肉的人。即使例子不太突出，仍然会感人的。比如负伤不下火线的事情，这在革命队伍中，几乎是最平常的了，但如果能把一个伤员负伤却不下火线时的思想感情写出来，是会感动人的。何况我们的战士的思想感情是如此的崇高而美丽，它本身是具有多么感人的力量！

这篇东西的经验，又告诉我：一篇东西的目的性，要简单明确。一篇短东西，能把一个意思说透，的确不是一件很容易的事。可是，动起笔来，又总爱面面俱到，想告诉人家这个，又想告诉人家那个。结果呢，问题提得不尖锐、不明确，更别说深入地解决问题。因为哪个意思也没有说透，怎么能给人以深刻的印象呢？我写这篇东西之初，原也想说好几个意思，最后没有那样做。

至于为什么以通讯的形式出现呢？说到这里，又牵连到过去自己的一个老毛病。我原是个喜爱写诗的，虽然在抗战期间写过些通讯，但对通讯，总不是那么看重。这次回来，又想先写别的，但又老想：这样伟大的斗争和伟大的战士必须要很快写出来啊，如果慢慢在那儿钻长的、刻细的，最后又弄不成，怎么对得起战士们呢？这样，就着笔写了这篇通讯。这篇东西的写作经过及一点点浅薄的体会，就是这样。

一九五一年五月

冬天和春天

导读 春天来了，一位团指挥员正在兴奋地讲着部队在冬天的收获。在武器装备上，部队有了什么提升？在战术上，战士们积累了哪些经验？面对下一次大的战役，他们又做了哪些准备呢？让我们来听听吧。

春天，已经来到全世界光明与黑暗斗争着的朝鲜前线了。在这个季节之前，中朝人民部队经历了整整一个冬季的并肩作战，把世界人民的一个垂死的头号强敌——美帝国主义打败了，戳穿了“纸老虎”的虎皮，击破了美帝国主义不可战胜的神话。但对人民来说，这一段艰苦而又胜利的路程，只不过是一个迎接更大胜利的准备。丰收的冬季，孕育着更加伟大的、辉煌的春天。

下面，让我用一位指挥员的谈话来说明吧。

那是在一个晚上，我和一位团指挥员坐在一间小屋里。从窗外吹进来的风，蛮有春天的味道。我们就纵谈（无拘束地谈）起来。

“你问我部队在冬季作战的收获吗？那，真是蛮丰富的。”他兴奋地说。接着，指了指墙上挂着的电发卡宾枪，“首先，就拿最明显的来说吧。这新式的卡宾枪，是美国人在这次朝鲜战争里才开始使用的；可是，当他们和我们接触的那一天起，就源源不断地交到我们手里。（通过缴获的新式卡宾枪来说明志愿军“有形”的收获，侧面反映出我们所取得的胜利，照应后面“不容易看到”的收获。）从敌人手里缴获的炮，现在已经和我们的炮排在一起。我觉得我们能拿这些东西回手来打敌人，是一件多么快活的事！你想，我们今后作战的火力，不会加强些嘛！

“其次，我觉得很可珍贵的是，我们在和近代化装备的敌人作战中，丰富了自己，提高了自己。”他似乎很想强调这一点，“也许，对我个人讲来，更觉得明显些。在几个团的干部中，我是最年轻的一个。因此，这几个月里，我的脑子简直没有真正休息过，我完全沉在实战学习里面。现在，我感觉到自己是提高了，所得的东西，也许比上几年军事学校还要多些，还更加属于我自己。在指挥上，我一次比一次觉得更有把握些。这个收获的可贵，也许一般人体会不到，而对一个指挥员来说，是比农民看见满囤满仓的粮食还要欢喜哩。”说到这里，他忽然用爽朗的声音笑着说，“你说怪不怪，这几次战役是这么巧，好像有意地在各方面锻炼我们一下：第一、二次战役——锻炼了我们的运动歼敌；第三次战役，锻炼了攻坚（攻打敌人的坚固防御工事）；第四次战役又来了一个阻击。过去，我们战术上的优越性已经使敌人惊讶了，今后，我想还会使敌人更加惊讶的。”

说到这里，他非常兴奋，脸上放出一种奇异的笑容。这种笑容，是只有指挥员在战斗胜利结束的时候才有的。他接着说：

“在收获中有一种有形的东西，比如刚才说的卡宾枪、榴弹炮，这是可以看到的；还有一种你在表面上不容易看到的东西，无形的东西，这就是人的思想和意志。可是你绝不要轻视这种无形的东西，当炮声响起来以后，你就可以看到这种东西的力量是惊人的。这是决定战争胜负的主要因素之一。这次出国作战，我感到我们部队的每一个人都读了两个重要的‘课本’。一个是‘决心课本’，一个是‘信心课本’。一过江，同志们先读了一个‘决心课本’，这个课本，是美国侵略者用他们的炸弹、燃烧弹和朝鲜老百姓的鲜血给我们写成的。当我们渡过鸭绿江以后，看到满地瓦砾、遍地被残杀的朝鲜人民，每一个人不但认识了美帝国主义者的面目，而且认识了它的骨髓（suǐ）是用什么做成的。一提起美帝国主义，大家痛恨得眼珠子都变成了红的。我们认识了朝鲜人民今天的境遇，也认识了祖国所受的威胁。我们更加热爱自己的祖国和兄弟的朝鲜人民。这个‘课本’，使我们愿意粉身碎骨，只要能消灭侵略者。另外，经过这四次战役，在上面的决心支持下，我们一直成为战胜者，在这里面就又读了一个‘信心课本’。这个‘信心课本’上说：‘美国侵略者及其帮凶是完全可以被打败的；尽管敌人装备精良，保有海空优势，也仍然是可以被打败的。’这两个‘课本’，不是用墨水写成的，是用血写成的。我们在过去的条件下，就已经战胜了优势装备的敌人；随着今后装备改进、战术技术的继续提高，必定能创造未来的更大胜利，把美国侵略军及其帮凶军埋葬在朝鲜半岛上！”

当他说完这段话的时候，显得很严肃，停了好几分钟之久。

“此外，我觉得，在我们方面还有一个重要收获。”他说，“这就是中朝人民的友谊越来越巩固、越深厚。这种团结已经不是用普通名词所能形容的了，已经不是用任何力量可以分开的了。我总想，一个国度同另一个国度的人，竟能这样的亲密，真是历史上的奇事。关于这个因素，我想你不会轻视，这是另一个歼敌制胜的决定因素哩！……我的见解就是这样。”

当我们谈话结束的时候，门外有一个严肃而有力的声音喊道：

“报告！”

团指挥员把身子正了正说：“进来。”

雨布掀开，通信员送进来两封信。团指挥员马上拆开，看着看着，不禁自言自语地微笑起来：“又是两份！又是两份！”

“什么？”我问。

“要求下次战役担任主攻任务的请求书。”

说过，他把请求书搁在桌案上。

春天来了，所有指挥员的桌案上，都摆满了这样的请求书。这是渴望着更大规模战斗的请求书，这是渴望着更大胜利的请求书，这是春天的请求书。你到各连去看吧，战士们都像燕子一般地繁忙着：磨刺刀呀，擦新缴获的枪呀，补磨破的衣服呀，趴在窗口写新的立功计划呀，自个儿坐在山坡上写入党、入团的申请书、志愿书呀。……一切都说明：春天，已经来到这个全世界光明与黑暗斗争的前线了。这个春天，必将是我们祖国人民、朝鲜人民欢腾呼喊的春天；而对敌人来说，则是一个可怕的春天。因为我们有了丰收的冬季，难道还没有辉煌的春天吗？

一九五一年四月二日

年轻人，让你的青春更美丽吧

导读

抗美援朝的队伍中，有许多年轻人的身影，他们在战场的表现如何呢？二十四岁的青年团员戴笃伯第一次上战场，他能应付得来吗？那些女青年们背着十斤干粮、十斤米、一把小铁锹，连夜行军九十里，她们能坚持下来吗？

青春是美丽的。但一个人的青春可以平庸无奇，也可以放射出英雄的火光；可以因虚度而懊悔，也可以用结结实实的步子，走到辉煌壮丽的成年。

年轻的朋友们，这里，我要向你们报告，毛泽东教导下的知识青年们，在朝鲜战场上，怎样度着自己的青春。

青年团员戴笃（dǔ）伯，他，二十四岁，是湖南的一个中学生，在志愿军某连当文化教员。他碰到的第一次战斗，是飞虎山战斗。他带着一个担架组抢救伤员。当部队冲上又高又陡的山头，跟敌人展开了激战，他还在山脚下蹲着。这时候，像一般初上战场的人一样，他觉着敌人的每一颗炮弹，每一颗子弹，都像冲着自己飞来（从戴笃伯的感受写他初上战场的紧张和惶恐，为他后面战胜困难做铺垫）。但是，他想：“我能够这样地害怕战争吗？我为什么老蹲在这里？我不是在决心书上写过，要迎接对我的锻炼和考验吗？”他这样想着，就站起来，往山上爬。他刚钻进一个小树林里，忽然，炮弹正落到一棵大树上，把大树炸断了。他又连忙蹲下。这时候，在炮火闪闪的红光里，他看见山头上，一个战士滚下来，不知道是被子弹打中的呢，还是被石头绊倒的。可紧接着，那个战士又从山坡上爬起来，高举着手榴弹，像在喊着什么，又冲上去了。年轻的戴笃伯心里想：“难道我就不能够这样吗？”他又站起来，带着担架小组爬了上去。这时候，阵地已经被我们攻占了。连长一见戴笃伯来了，急忙关切地问：“怎么样啊，戴笃伯？你这是大姑娘坐轿，头一回哩！”戴笃伯笑了笑，就准备把阵地上的一个伤员抬下去。可是，山陡，路小，没法儿抬。戴笃伯就说：“那么，让我来背。”连长不答应，想让别人来背。戴笃伯急得红着脸说：“连长，我的决心书不是白写的呀！”他说着，就把那个伤员背起了。可是，在陡坡上没有走下多远，就满头满脸的汗，跌跌撞撞地走不动了。又挣扎着走了几步，觉得心慌口渴，头昏眼花，腿又酸又软，每迈一步，腿上都像有千把斤重。他想："一个人怎么这样重啊，我休息一会儿才好呢。"这当儿，也不知道怎么把伤员碰着了，只听背上哎哟了一声。这使他的心比受了最严厉的责备还要难过啊。他只扶着一棵小树定了定神，就脸冲着山，手扒着陡坡，咬着牙背了下去。……他到底把伤员背到了绑扎所。

当戴笃伯第二次赶往阵地去的时候，已经不害怕了。他还把战士们的水壶灌满了水，叮叮当当背了一身。战士们接到水壶，几乎乐得跳起来，拉着他的手，笑着，叫着。敌人开始冲锋了，大家劝戴笃伯下去。他说："不！我一定要打一个手榴弹！"敌人冲到面前了，到底戴笃伯跟战士们的手臂一起，扔出了平生第一颗手榴弹。这不是一颗普通的手榴弹，这是一颗光彩的手榴弹，这是中国知识青年的锻炼决心！这颗手榴弹，在世界黑暗势力的面前爆炸了；而且，年轻的戴笃伯，他亲自听见了这颗手榴弹爆炸的声音。

事后，他对人说：

"这是我戴笃伯平生最快乐的一天！"

这里，我还想说一说那些女青年们的情形。

从跨过鸭绿江的那一天起，她们就背起了多少东西啊！每人背着背包，背着十斤干粮、十斤米、一把小铁锹（qiāo），有的人还背着一把提琴。有一夜，行军九十里，男同志还有人掉队，但是她们咬着牙，带着满脚泡，连距离都没有落下。过冰河，她们也像男同志一样，卷起裤脚哗哗地蹚过去，冰块划破了腿，就偷偷地包上，也不言声。露营了，就在山坡上用松树枝支起一块小雨布，挤在一起；夜间冻醒，就蹦一蹦、跳一跳再睡。第二天早起，她们的头发上结满了霜，男同志们笑她们说："嘿，你们演'白毛女'都不用化装了！"她们也笑男同志："还说哩，你看，你们不是'白毛男'嘛！"

二次战役时，她们有不少人到野战医院做护理工作，立了功。

我曾经向伤员们问起她们的情形。有一个伤员兴奋地说："这些女同志，可不简单哩。虽说人家以前是些学生，没经过什么锻炼，可是决心真大！自打她们到这儿来，给我们洗血衣呀，捉虱子呀，打水、打饭、喂饭呀，一天到晚，饭都顾不得吃。有些人给我们洗衣服，手都泡肿了。我们就说：'同志呀，歇会儿吧！在家里，你的衣服还是你妈妈给你洗呢，你看，我们的衣服又是血什么的，你不嫌脏吗？'可是，她们翻翻眼说：'同志，你别再说这个。你们的血是为了谁流的呢？这是世界上最干净的东西！'另外还给我们捉虱子。我们说：'这该怎么谢你呢！'她们就又开玩笑地说：'美国鬼子那么老大个子，你们还百儿八十地捉呢，难道我连几个小小的虱子都不该捉吗？’可是，无论如何，我们不让她们端大小便；谁知道又叫她们看破了。她们就反问我们：‘你们不是常说阶级弟兄吗，为什么分得这么清呢？实说吧，这些天，我已经忘记了我是个女的了。’就这样，她们白天忙一天，夜间还要拿着枪去担任警戒哩！”

“嘿，还有一个女同志，她是个团员，提起她我一辈子都忘不了！”另一个躺着的伤员挣起身子坐起来说，“那时候，敌人的飞机天天来，轻伤员能走出去，可是我们重伤员怎么办呢？她就把我们往防空洞里面背。有一次，敌机一共来了四五架，又是打机关炮，又是扔炸弹。我们屋里一共三个重伤员，她背走两个，第三趟回来背我。我看见她满头满脸又是汗，又是泥，浑身上下都是灰土（通过外貌描写，体现出女团员转移伤员的过程中遭遇了很多困难，反映了女团员的坚强意志和坚决护卫伤员的决心），不知道她在外面跌了多少跤啊。我不让她背。她不由分说，又把我背起了。她摇摇晃晃地，刚一露头，一梭子机关炮咕咕咕打在我们旁边；附近的房子也炸着了，烟腾腾看不见人。我就说：‘同志，快把我放下吧，不要让我连累了你！’她扭过头来严肃地说：‘别这样说！’这时候，也实在背不出去了，她就把我靠屋墙根放下来，然后趴在我的身上护着我，并且说：‘要是敌人把房子炸倒，先压住我。我宁可负伤，也不能再让你负第二次伤！’当时，我的泪都流出来了。同志，你说她够不够一个青年团员！……”

有一天晚上，在行军中，我跟一个女同志走在一起。她个儿不很高，看样子不过十六七岁。肩膀上挂着干粮袋，还有一把二胡。两个小辫子，在军帽下垂着，悠打悠打的，活泼而轻快地走着，还轻轻地哼着什么歌儿。

我问：“你是文工团的吗？”

“是呀。”她回答。接着就告诉我她是才从一营回来的，她们那个小组在那儿待了四天。说着，又继续轻轻哼着她的歌儿。

我打断她，又问：“这四天，你们做了些什么呢？”

“我们哪，第一天搜集英雄例子，第二天就编，第三天就排，第四天就演。今天刚刚演完，就出发了，你看，弄得我化的装还没有洗呢！”说到这儿，咯咯地笑起来。也许是怕我看见她脸上涂着的油彩，连忙伸手抓了一把雪，往脸上搓着。

对她们这种战斗式的工作作风，我称赞着。

她说：“可是粗糙得很哩！……不过，我们想起到作用就是了。你想，咱们的战士们哪有闲空儿，你光去‘绣花’能行吗？所以我们就来快的、简单的。没有灯，就在月光底下。没有台子，就在院子里，田野上。行军的时候，战士们一边走，我们就一边给他们说唱。……我们反对树林子里头耍大刀！”

“你们的文艺工作可做得真不少啊！”

“不只文艺工作哩！我们哪，是什么也做，碰到什么做什么。我还做过炊事员呢！”

“炊事员？”

“呃，前方炊事员可忙哩，他们又送饭又送水，还要送弹药。我看他们忙不过来，就要求当炊事员。另外，我还……”

“怎么样？”

“我还当了两个月俘虏营的排长哩！”

我看着她那小小的个儿，说话那种孩子气，不由得笑起来。

“你笑什么！”她正正经经地说，“你别看他们那么老高个子，他们不服从我管理行吗？我叫他们站着，他们就不敢坐着！”

我不敢大声笑，只在心里笑着。这时候，忽然哨音一响，部队休息了。一眨眼，看不见她。一会儿，听见远处一个石崖上，她用年轻而清脆的声音喊道：

“同志们，我们唱个歌儿好不好？”

下面齐声说：“好！”

歌声起了。在汉江对岸敌人探照灯的亮光里，她的臂膀在轻捷地舞动着打着拍子。

歌声一落，她走过来，端着两缸子从小河里舀（yǎo）

来的水。给了我一缸子；另一缸子，她咕咚咕咚就喝了下去。喝过，两只手在脑后一叉就仰着休息起来，两条辫子垂在积雪上。

我不禁揣想（推测；猜想。揣，chuǎi）着：半年或者一年之前，她们还是没有经过锻炼的学生，在父母面前，还是平平常常的孩子。而现在竟然在离前线几里路的地方，这样的坦然、愉快，在全世界斗争最激烈最尖锐的战场上做了这么多工作。这是多么叫人羡慕的一件事情！我不由得感叹地说：

“同志！你们的进步是多么快啊！”

“那，靠党的教育，也要靠自己有决心。”

“可是，你的决心是什么呢？”

“我呀？”她羞涩地笑着，低头看着自己的脚，没有说下去。待了半晌，才又说：“和别人的也差不多！”

“那么，是要决心入党啊？”

她笑了。

这时候哨音一响，部队又前进了。她抖了抖头发上的雪，我们又走在一起。

“不过，我们进步得快，还有一个原因哩！”她说，“我们和战士们常在一起，和英雄们在一起，我们自己也就勇敢起来了。”她非常有兴味地谈着：开始出国的时候，她背的东西很多，觉得走不动；可一看战士们比她们背得还重，还边走边说快板，自己也就走得轻快了。敌机打照明弹，自己觉得很害怕；可战士们却说："给咱们点起天灯啦，真好走！"自己也就不那么害怕了。有一次，她看护伤员，别的伤员乐呵呵的，有一个突破"三八线"战役下来的伤员却唉声叹气。她问他为什么不高兴，那个伤员说："唉，同志，我流了点儿血，没有什么说的；只是我觉得我应该冲到'三八线'以南负伤，不该在'三八线'以北就负了伤……"另一次，她到前方参加战斗：敌人的炮火打得正猛烈的时候，有几个战士却在那儿满不在乎地缝鞋子。她惊讶地想，为什么炮火连天的时候，战士们干这不相干的事情呢？一问，战士们笑着回答："不缝鞋子，等一会儿敌人垮了，怎样追击呢！"她说到这里，赞叹地瞧着我说："你看咱们的战士是不是英雄！在他们负伤以后，还想的是前进；在敌人的炮火最猛烈的时候，想的是追击！我们跟这样的英雄在一起，怎么会不勇敢起来呢！我们将来，也会……"

"也会怎样啊？"我追问。

"也会……"她低声又笑了一阵儿，好像很不容易直说出来。

"说呀！"

"也会成为他们那样的人！"她鼓足勇气，说出了她的心灵里美丽的秘密。然后，她用力踢开一块脚下的石子儿，抬起头来。在黑夜里，也可以看出她的眼睛里闪着青春的火星。她严正地说："你以为这是不可能的吗？"

"能够的，当然能够的。"我连忙点头说。

"一定能够的。"她肯定而严肃地说，"当然，我们很年轻，我们懂得的事情还很少，我们是在平平静静的环境里长大的，我们还没有经过什么严格的锻炼和考验；正是这样，我必须把我放在炉火里，看看我是不是块钢铁。当老同志们谈起他们那时代的艰苦斗争和英雄事迹的时候，是多么吸引我！它把我的心全部地吸引了。我总是想，我什么时候才能当一个像他们那样的人呢？才能给我的祖国做一点儿什么贡献呢？我又想，他们究竟是怎么闯过来的呢？他们真伟大真了不起啊，这种生活是多么有意义啊！……可我今天呢，也是在这样做着了，我能不感觉快乐吗？我们的老团长看见我蹦蹦跳跳的，总是说：'小黄毛丫头！一天乐呵呵地乐什么哩？'我就是乐的这个呀！"

年轻的朋友们，他们就是这样沿着和工农群众结合的道路，在火热的斗争中度着青春的。这是快乐的青春，美丽的青春，英雄的青春！毛泽东时代的年轻人，谁不愿意有这样的青春呢。朋友们，青年团员们！我知道你们是那样地喜爱丹娘、保尔和我们祖国的英雄们。你们常常谈着他们，甚至把保尔的话写在自己的日记上。你们常常向自己发问："我能不能做一个这样的英雄呢？”可见你们对英雄行为是多么向往，你们年轻的生命是多么强烈地愿意闪出英雄的火光。而今天朝鲜战场上的青年们，已经给你们做出了光辉的榜样。当你们读到这篇英雄事迹的时候，我想提醒你：在半年或者一年之前，他们是跟你们一样的人；那么，他们可以这样做，你们也是完全可以这样做的。朋友们，为做一个全心全意为中国人民和世界人民服务的英勇战士而奋发努力吧，不会有比这再光荣的了。让千千万万的岗位上，出现千千万万这样的战士吧！让我们伟大的祖国革命英雄主义的花朵遍地齐放吧！

一九五一年五月六日

在风雪里

导读

志愿军战士们正冒着鹅毛大雪急匆匆地赶往前线，部队一住下，一个十二三岁的朝鲜小姑娘不知从哪里冒了出来。她是谁？跟着志愿军要做什么？志愿军战士会如何安置她呢？

一

我听说这故事的当儿，汉江前线正打得紧着呢。天下着鹅毛大雪，志愿军一队一队地正往前线上开。同志们急急忙忙地赶路，可谁也没有注意：有一个十二三岁的朝鲜小姑娘，紧紧地追着他们。

部队一住下，这个小姑娘，不知怎的，一摸摸到我们一个机枪连的连部来了。同志们一看，这是哪里跑来的一个小姑娘啊，这冷的天，只穿着单裤单褂儿，束着一条很脏的小白裙子，一双浅口薄底的小胶皮鞋也破了。头发乱蓬蓬的揉成一团，上面还粘着草棒儿，仔细看，脖子上还有被炸弹片炸伤的地方（通过小姑娘的外貌，可以推测她经受了战火的侵袭，为下文揭示小姑娘的来历埋下伏笔）。她抱住这个的手，握一会儿，说一阵儿；又抱住那个的手，握一会儿，说一阵儿。可是联络员不在，谁也不知道她说的是什么，她是从哪里来的呀？

直到联络员来了，大家才知道：这是一个失掉了家的孩子。她已经流浪了二三百里路了，今天这儿住一宿，明天那儿住一夜，今天这儿找点儿吃的，明天那儿找点儿吃的。这天，她正钻到一个草窝窝里睡觉，一看咱们的志愿军队伍过来了，她就追来了。

志愿军同志们听了这种情形，争着给小姑娘洗脸，盛饭，接着安排小姑娘睡了觉。

谁知道，第二天小姑娘倒不愿意走啦。她跟连长说："叔叔！我要跟你们走！"

连长笑了笑说："小姑娘！你跟我们走干什么去呀？"

小姑娘说："我别的干不了，我给你们烧点儿水，端个饭还不成吗？我在家还帮妈妈做过饭哩！"

"可是，我们一两天就要打仗的呀！"

小姑娘很勇敢地说："打仗？怕什么！我不能打，我还不能看？眼看着你们打死美国鬼子，我才高兴哩！"

可是，想想吧，小朋友，志愿军怎么能把一个小姑娘带到火线上去打仗呢！扔下她不管，也不肯啊，这怎么办呢？

连长就去找指导员商量。

到底还是想了一个办法，就是让房东把她收下。房东当面答应下来了，又跟小姑娘好说歹说，才把小姑娘安插在房东家里。谁知道，到了半夜，小姑娘又跑到连部里来了。她说，房东把她关到一间小冷屋里，还说等队伍开走了，要砸死她。……原来，那家房东是个地主。

这村子一共三家人，其余两家又没人在家，连长跟指导员都急得没有主意。第二天中午，营长打来了电话：让部队加紧战斗准备，还说夜里就可能进入战斗。这更让连长跟指导员发愁呀。连长的眉头皱成了一个疙瘩，指导员额上的青筋也鼓起来了。两个人，在最危急的战斗里，也没这么着急过呀。

可是，小姑娘还在一边说："好叔叔！我知道你们答应了我啦。什么时候出发呀？"一边说，还一边指着蹲在一旁的重机枪说："嘟嘟嘟，嘟嘟嘟！打死那些'米国撒拉米（朝鲜话，指美国人）'！"

这真让连长跟指导员哭笑不得呀！连长看了看表，表嘀嘀嗒嗒轻快地好像跑步似的走着。

二

连长只好给营里打电话请示。

教导员像在电话里考虑了好一会儿，才回答说：

“关于这个朝鲜小姑娘的问题，你们不要着急，要很好地照顾她。待一会儿，我亲自去处理。”

果然，隔一会儿，营教导员来了。

营教导员是一个高个儿的年轻人，是一个很和蔼、很可爱的人哩。连长、指导员、战士们都赶过来向他敬礼。小姑娘是个多聪明的孩子呀，也学着大家的样儿行了一个举手礼。

连部里挤满了一屋子的人。

教导员指了指小姑娘说：“你们说的就是这个小姑娘吗？”

连长点点头说：“是呀，就是她一定要跟我们走呀！”

小姑娘看出来是在谈她哩，就跑到教导员的身边，好像见了妈妈似的，把她那乱蓬蓬的头歪在教导员的膝盖上，两只小手抓着教导员的皮带；接着又抬起头，指指自己脖子上的伤口，一双大眼望着教导员。她说起自己是怎样被美国飞机炸伤的，怎么才从着火的房子里跑出来，她找到爸爸，看见爸爸倒在牛棚外面，给牛煮的草扔在一边，她摇摇爸爸，爸爸不理她，爸爸被炸死了。她又在厨房里找到妈妈，妈妈大概是正在淘米吧，米撒了一地，她摇摇妈妈，妈妈不理她，妈妈不会再理她了。她去看哥哥，哥哥还握着搓的麻绳，脸上有一片血。她去看嫂嫂，嫂嫂手里还拿着给她做的新衣服，也倒在地上不动了……（从爸爸、妈妈、哥哥、嫂嫂遇难时的动作，可以看出小姑娘原本拥有一个幸福的家庭，家人们的勤劳、相互关爱，更反衬出小姑娘遭遇的痛苦和战争的残忍。）就这样，小姑娘美好的一个家庭，就剩下她一个人。小姑娘在爸爸妈妈的跟前哭了一阵儿，又到哥哥嫂嫂的跟前哭了一阵儿，最后把眼泪擦干就出来了。

当联络员给大家翻译的时候，联络员也是一个朝鲜人呀，他讲着，讲着，大大的泪珠就滚下来了。大家的头都低了下去。教导员的眼也湿润润的，强压制着自己没有掉下泪来，他叹息着。

接着，小姑娘又把脸抬起来，两只大眼望着教导员，要求着：

“叔叔，你千万让我跟着你们走吧。我要报仇！我什么都能学会。我还会唱中国歌儿呢，不信，我给你们唱唱！”说着，她望了望全屋子的人，就唱起来了：

东方红，太阳升，

中国出了个毛泽东。

……

她唱着，唱着，教导员一把就把她抱在怀里，不知为什么，教导员的泪珠，就再也止不住滚下来了。

这时候，全屋子的志愿军同志都哭了。有的背过脸去抹眼泪，还有擤（xǐng）鼻涕的声音。

“同志们！”教导员向大家严肃地问，“你们说这孩子可爱不可爱呢？”有谁会说这孩子不可爱呢？教导员又说：“是呀，这孩子可爱得很。跟我们祖国那些千千万万可爱的孩子一样。可是这孩子叫敌人害得多苦啊！要是美国强盗打到我们的祖国，我们祖国那些可爱的孩子，会怎么样呢？……”

大家静静地听着。祖国的那些千千万万的孩子，那些在城市里的，在乡村里的，戴红领巾的，没有戴红领巾的，像田野里一眼望不到边的谷穗一样，活蹦乱跳地出现在眼前。大家想着，想着，眼睛睁得圆圆的，望着教导员。

教导员又接下去说：

“可是，同志们！我们决不让我们祖国的那些幸福的孩子，像这小姑娘一样；我们还要使这个小姑娘，使千千万万的朝鲜孩子，像我们祖国那些孩子一样幸福。你们说对不对？”

“对！”大家齐声说。

“好，同志们！我们就是为了他们战斗的。今天晚上我们就要开始战斗了。你们的机关枪擦好了没有？”

“擦好了！”

“六〇炮呢？”

“也擦好了！”

“好，同志们！那么，要打就要狠！越狠越好！就让那些野兽们尸体堆成山，血流成河，统统死到我们的阵地前面吧！”

“可是，这个小姑娘到底怎么办呢？”连长插嘴问。

教导员说：

“你们连很好地照顾这个小姑娘，这是很好的。我要表扬你们。至于这个小姑娘，让她跟我走吧，我来想办法。”说着就拉着小姑娘的手，站起身来。

小姑娘看见教导员要带她走，高兴得蹦蹦跳跳的，小脸儿笑得像开了花似的，说：

“好叔叔，走吧，你带我到天边，我也是要去的。”

三

山路上铺满了白雪，漫天遍野刮起了白毛旋风，天多么冷啊。教导员把大衣脱下来，给小姑娘披在身上。开始，小姑娘不穿，教导员装作生气的样子，小姑娘才穿了。大衣拖着地，踢里拖落地走着；可是，她心眼儿里着实高兴哩。这时候，要是路上有旁的人，她一定会骄傲地说：“你们看看吧，我也成了志愿军啦！”

他们到了营部，除副教导员不在，营长、副营长全在家。教导员做了介绍，小姑娘就赶忙抢过去握手。

副营长的眼睛真尖，一下就看见小姑娘的脖子上有伤，马上喊：

“通信员！你们搞什么呀，快找卫生员给小孩子上药！”

教导员问战斗准备工作是不是全搞好了，营长说全准备好了。教导员松心地笑着说：“咱们怎么样欢迎咱们的小客人哪？”

营长拍拍小姑娘的头，哈哈地笑起来，他笑得真响呀。他说：“小姑娘，你的运气真好！我刚才买了一只小鸡，准备吃了打仗有劲儿，你就来了，就算欢迎你好啦！”

卫生员把小姑娘的伤口洗了洗，上了药，通信员就把饭端上来了，鸡也煮好了，冒着热气。

小姑娘不好意思吃，每次只夹一点点，又惹得营长哈哈地笑起来：“嘿，还客气哩！当战士要能吃、能走、能打才行哩，来！”说着，他夹起肥肥的一块鸡腿，油珠唧当地给小姑娘放到碗里。

小姑娘今天怎么才能说出心里的高兴呀！

吃过饭，天气已经不早了。团里通信员送来了命令：晚上八时出发。营长悄悄地在教导员耳朵边说：

“怎么办呀，老刘？你打算……”

教导员也对着营长的耳朵，小声地说：

“我早让副教导员去安插她了。”

原来，教导员没有到机枪连以前，就告诉副教导员把她安插在附近的老百姓家。

大家正在屋子里说说笑笑，忽然嗡嗡嗡——敌人的飞机来了，在村子上转开了圈子。小姑娘很勇敢地站起来，嚷着："叔叔！趴下！趴下！"可是志愿军叔叔们早跟美国飞机作战惯了，谁也不怕。她看他们全不动，就走上去摁着，强迫他们趴下。她是多么爱志愿军叔叔们呀。

美国飞机走了的时候，副教导员回来了，后面跟着好几个朝鲜老百姓。有一个弓着腰的白胡子老汉，还有一个朝鲜老太太，她手里还拿着一件小棉袄。

副教导员一进来，就兴奋得大声地说：

"教导员！办成功啦！他们几家都争着要收下这个小姑娘哩。"说着，又摸摸小姑娘的头，拉拉小姑娘的小手。

那个朝鲜老太太连忙抢上来要给小姑娘穿小棉袄，弓着腰的白胡子老汉摆摆手，往前挤着说："不，不，同志，你叫她跟我走吧。"

小姑娘一看这种情形，就连忙跑到教导员跟前，急得要哭，她说："叔叔，你们不是答应了我跟你们走吗？怎么又要把我送走呢？"

教导员、营长一齐着急地说："好孩子！我们马上就要打仗啦！"

"可是，我出来就是要报仇的呀！"

唉，这一下可把一圈子的人给难住了，谁也没想到这小姑娘这么硬啊。到底怎么办呢？

正在这当儿，忽然，听到门外有一个女人的声音：

“这儿是营部吗？”

接着就进来一个年轻女人，剪发，穿着制服，背着挎包。她说：“志愿军同志！我是这个面（相当于中国的区）的女性同盟干部。我是来给你们筹备粮食的。”

营长不由得又用很响的声音笑起来说：“好呀，你来得好呀！我们的粮食已经筹备好了。你来处理处理这个问题吧。”说着，他就出去准备出发的事情去了。

那女干部问明了情形，就把小姑娘抱起来亲着，亲热地解释着：“好，你要报仇，你就到我们那里工作去吧。”

教导员趁这个机会说道：“是呀，到那里工作，也是打美国鬼子呀！”说着，又装作生气的样子说：“你再不听话，叔叔以后见了你，再也不理你啦！”

这时候，这小姑娘才慢慢地低声地说：“好，我听叔叔的话。可是以后我还是要跟叔叔打仗去！”

这时候，响起了很尖很响的集合号声。部队集合出发了。小姑娘又最后地跑上去跟营长、教导员，还有许多战士们握了握手。等队伍走出好远，她还站在一块高坡上，用她那响亮清脆的声音喊着：“叔叔，再见吧！叔叔，再见吧！……”

一九五一年六月

挤垮它

导读

战士们在前头战斗，百姓们就跟在后方播种，一个山头一个山头地前进，一块田地一块田地地占领。面对近在咫尺的敌人，看我们的志愿军战士如何一步一步地“挤”上前去，一口一口地将其吃掉……

一

早晨，雾气很大，满山的栗（lì）树林子，向下滴水。大雾里，我和师政治委员坐着小吉普车，要赶到前方指挥所去。昨天晚上，他就跟我说，他们这里正在组织一次小的战斗，今天晚上就要打响。我就是因为这个来的。小吉普车在山谷的小公路上，像个撒了欢儿的小牛犊（dú）似的奔跑着。过了一道道哗哗响的小河，一座座青青的山冈子，没多大工夫，我们的衣服就被雾气打湿了。

车子停在一个很陡的山坡下面。政治委员指了指说："就是这里！"我们下了车，往坡上爬着。坡上草深露浓，一簇一簇的小松树，有点发绿，又有点发黄。政治委员说，这树是去年敌人用燃烧弹烧的，草也是今年才长出来的。说着，我们拐进一簇比较浓密的树丛里，只听树丛那边一个洪亮的声音说道：

"叫他们讲道理出来！为什么无缘无故给我伤一个人？"

这声音过后，只听另一个较低的声音说："我让他们在今天晚上把检讨报告送来。"

"要深刻检讨。"那个洪亮的声音着重地说，"一定要接受教训！在下午五点钟以前把报告送到我这里！"

一听，就知道是我们那位年轻师长的声音。虽然几年没见，他，可是我的老朋友啦。我们出了这座小树林子，就看见靠着一面峭壁（陡直的山崖。峭，qiào）搭着一间小房子，房子前面有炕席那么大的一块平地，师长就在那里站着，一个参谋也站在那里。听见脚步声响，师长机警地转过身来："啊！你们来啦！"他亲热地叫着，我们也赶忙迎上去同他握手。他看着我，笑了笑说："我听说你来啦！"我仔细地端详着他。像过去一样，他浑身上下都很清洁、整齐，保持着军人的习惯和风度。可面容却显得有些苍老了。额上添了几道皱纹，眼睛里布着红丝而又显得深奥，可以看出来他在深沉的思虑中度着日子。

我们把几个木凳子放倒坐下，警卫员端过茶来。我望着师长说：“你的身体还好吧？”他闪着红丝的眼睛笑着，说：“要论爬山、看地形，我们这里的几个团长，哪个也跟不上我！”政治委员接着对我说：“在这一方面，他倒是可以吹一下，我们师的人，都管他叫‘爬山虎’呢！”站在一边的参谋同志，用不同意的口气补充说：“昨天夜里，他出来散步，一下就晕倒在我们现在坐的地方。还是哨兵发觉了，才把他架到屋里去，有好一会儿，他才清醒过来。”师长马上不服气地分辩着说，这不过是睡眠不足，偶然的现象罢了。他伸出手来指着年轻的参谋说道：“别看你年轻，你到了我这年龄还不定怎么样，我在朝鲜再磨多久，美国鬼子也磨不垮我！别揭我的短啦，快把地图拿来！”

参谋把地图拿来，他亲手铺在地上，把凳子向前移了移，望了望政治委员又望着我说：“来！我先把这个战斗的具体部署讲一下，等会儿我还要开炮兵会议。今天敌人的飞机、坦克，是对我没有什么大办法的，可是，对敌炮的斗争，制压敌炮的斗争，却要费费脑筋！”他不自觉地摘下了帽子，放在膝盖上，我这才看见他已经有些谢顶。他用手指轻轻地搔着他的稀疏的头发，好像要从那里搔出什么东西似的。停了半晌，他才像把思想从沉思里收回来，指着地图上敌人的前沿，说："今天晚上，我就要他这一块！他不让我插进一只脚去是不行的！"他把兵力、火力的布置讲了以后，又抬起头来，两个眼睛的深处，像闪出两小朵火光似的，谁也没看，只望着头顶上的松树枝说："这就是今天的朝鲜战争！——你要是不想公平合理地解决问题，我就要不断地向前搬家，我一口气吃不了你，我一口一口地吃！杀死你一个，你就少一个！你在板门店的桌子上拖，我就在这里跟你磨。挤垮你！"

他正要把地图折起，另外一个更年轻的参谋从作战室里走来报告说：今天拂晓（天快亮的时候），敌人向我们一个班的阵地进攻，被我们打死十几个，现在敌人正拖死尸。他听了，马上瞅着那个参谋的眼睛说：

"那么，你指示了部队什么呢？"

那参谋像是怕受什么责难似的，只是忽闪一双孩子气的眼睛，因为他实在并没有指示什么。师长立起身来，膝盖上的帽子掉在地上，他说：

"告诉部队：给敌人点儿教训。"

"敌人放了烟幕——"

"放了烟幕，给我朝烟幕里打！用六〇炮打！"

参谋答应了一声，转身要走，他又叫住了他：

"告诉他们团长：不能让敌人大模大样抬死尸，注意组织火力教训敌人，抬一个换一个。我们阵前不是四马路，不能让这些客人自由旅行！”

他坐下来，把地图折好交给参谋拿走，又把帽子拿起来，打了打土：

“这些东西们，在几个月以前还疯狂得很哪，每天向我们进攻，这都不说，竟然在阵地上，在我们的面前跳舞！……可是现在呢？你去看看吧，我是已经欣赏过了，过来过去在阵前爬着走，撅着个大屁股像狗似的那么爬！变成爬虫类啦！哈哈！……让政治委员同志给你详细谈谈吧。”他哈哈大笑起来。政治委员也笑出声音来了。

开炮兵会议的人们已经来齐了。政治委员等一会儿也要忙别的，我就赶忙趁政治委员的空儿，一同到他的房间去。这时，轰轰几声巨响，是敌人的炮打在山脚下，灰蓝色的烟缓缓地上升着。大雾已经离开地面，跟山顶上的云合在一处。往东一看，太阳已经出来了，把山岭照得红通通的。

二

政治委员的这个洞子，有一间普通房子那么大小，里面壁上糊着报纸，非常整洁。床上挂着蚊帐。靠着桌子的墙上，挂着一幅毛主席像。桌子上的空酒瓶里，插着一束朝鲜山野常见的金红色的野百合花。

他是不抽烟的，只把烟递给我一支。我们并膀儿坐在他的铺上。从门里朝外望去，看得见有八架敌机，正在轰炸附近的一座桥梁。敌机的身边，不时开放着高射炮的烟朵。

政治委员是一个很老练稳重的人，或者说多少有点儿斯文。他的话不紧不慢，好像织布梭一样有节奏地把他的思想准确精密地表达出来。

“老魏同志，志愿军出国不久的朝鲜战场你是来过的，这次入朝，一定感觉变化不小吧？”他用微笑的眼睛巡视了一下他那令人满意的房间，这又是住家户又是办公室的房间，他那束金红的野百合花开得多鲜艳哪。我马上回想起我上次入朝时的困难情景，弯着腰钻防空洞的情景。他接着说：“是的，‘打过三八线，凉水拌炒面’的时期已经过去了。今天，我们装备、技术的改善，虽然某些方面还是赶不上敌人，可是因为我们建立了巩固的阵地，老实说，敌人想赶走我们，想让我们离开这个地方，”他用脚踏了踏脚下的土地，“决不可能！”

他停了停，又说：“这是为什么呢？这是因为我们已经摸熟了敌人的脾气，有了思想准备了。过去刚出国作战的时候，我们有些性子急的同志，连两瓶牙膏都不肯带，好像这么一个帝国主义，还不如他的一瓶牙膏的寿命长。可是，现在人们懂得了，一个早晨是不能打垮一个帝国主义的。现在，人们已经不是那时单纯的燃烧的热情，而是一种沉毅的、坚忍的、不屈不挠的战斗意志。你看，我们凡在一个地方住上一个月，就要把房子修建起来，安起了家。横竖我们不住兄弟部队住，我们走了朝鲜人民住。好些地方过去是战场，今天是后方。我们的桌子、凳子和好多日用家具，都是木匠出身的战士同志造的。战线就是我们的家。来，老魏，你欣赏欣赏我这个箱子！”

我把屋子里看了一遭，并没发现有什么箱子。

他看着我左望望、右瞅瞅的神气，不禁笑了起来，指了指我面前的桌子说：“就在你的面前嘛，还看不见！”他连忙把桌上的花瓶拿起，把盖子打开，里面满满地装着书籍文件，哦，我这才明白，原来这是个长了四条活腿的“箱子”，安上了四条腿就是一张办公桌，桌箱两用，我也不由得哈哈大笑起来。

他盖上了箱子盖，又说：“当然，这不过是一个小例子；你还可以到处看到很多。这就表明了一个思想，一个意志——持久作战的意志！大家都习惯了战地为家。如果美国鬼子不要和平，我在这里坚决奉陪。”

我开玩笑地说：“你坚决奉陪，我倒要听听你的陪法呢！”

“嘿！陪法吗？你看到我那位伙计没有？”我知道他指的是师长，“我们师里有了他，哪个敌人在我们前面，哪个敌人就喘不过来气。他这个火车头，把我们自己也拉得连个加煤上水的工夫都感到不大够用了。”

他停了一下。

“半年以前，我们初上这块阵地的时候，”我知道他要讲半年以来跟敌人的斗争过程了，“那时候，敌人确实猖狂得很，工事修得马马虎虎，仗着他的炮火，在阵地上跳舞，做柔软体操。我们的师长亲自到前沿看了看这种情形，他就告诉部队：‘不能光让我们憋在工事里，也要把敌人摁到工事里。我们得想办法，不能让他们那么舒服。’这一下正投合了战士们的心思。战士们早就憋不住劲儿了，白天打，月亮底下也打，大家叫这个是‘打活靶’，见了敌人一个影子，就好像馋猫一样，眼睛瞪得多大。时间不久，美国鬼子，也就龇（zī）牙咧嘴地抬木头修起工事，憋在工事里头老实了。谁知道我们这位伙计这时候反倒不高兴起来了。”

“那是为什么呢？”我问。

“为什么？——这就是我们师长的积极作战精神。敌人在他面前猖狂了，他是不能忍受的；而敌人老实了，也不能令他满意。他要把敌人挑逗起来，好进一步地杀伤敌人，挫折敌人的斗志。他跟我说：‘伙计，我们不能老蹲在这里，防御并不等于老蹲在这里，我们要往前挤！马蜂不敢螫（shì，蜇）你，你就要捅马蜂窝，马蜂自然就要出来螫你，这样就可以更多地打死马蜂！’——这就是他的道理。于是他就一天在地图上，和到前沿上去找空子。一瞅准就挤下一块儿。敌人果然不服气，就拼死命争夺，争夺的结果是敌人丢了人又丢了阵地。这样，我们就完全跟敌人扭在一起，最近处甚至离敌人几十公尺；有的山头，敌人占着一半，我们占着一半，彼此说话都听得见。这个时节，我们就夜夜袭击他们，敌人真是讨厌死我们了。可是我们的师长这时候却给部队讲——”政委兴奋得站起身来，稍稍提高了声调，“‘哪个干部让敌人最讨厌，他就是最好的干部！哪个兵让敌人最讨厌，他就是最好的兵！’”

“那么敌人向后撤了吗？”我问。

“是的，”政委回答说，“不过，开始他是扭扭捏捏的。有些阵地，他白天来晚上走。这时候，我们又用伏击的方法来消灭他。我们的侦察员可有些愣家伙，有时候伪装得活像一棵树，就钻到敌人的侧后去，甚至离放哨的敌人几步远，敌人扔罐头盒子扔到他脑瓜子上他也不动，把敌人侦察得一清二楚。（我们的战士为了侦察敌人，被罐头盒子砸到头也一动不动，可以看出战士们坚决完成任务的信念。）这样的伏击，往往使敌人连个回去报丧的都没有。敌人才觉得离我们近了实在没有什么好处，这才往后缩了缩：一方面加强坦克的活动，一方面添设了多到十几道的铁丝网，还遍设了地雷、跳雷、挂雷、照明雷等等的地雷阵，让这些法宝去保护他。”

“那么，这么多地雷，是叫人有些恼火的。”我说。

“是的，开始是这样。”政委点点头。这时他递给我一块糖，说是他老婆从祖国捎来的，他自己也剥开一块放到嘴里，又继续着说：

“关于打坦克，我想不要多说啦，仅仅我们师，三个月共敲掉敌人的坦克四十多辆。有一个火箭炮手因为没轮着自己打，现在还嘟囔着。凡是打坏的坦克，我们就指示部队再装上炸药去炸烂，决不让敌人拉回东京再修理。关于地雷，虽然我们的步兵战士没有经验，但是他有伟大的自我牺牲精神。有的战士一发现了地雷，就瞪着它，指着它说：‘你有什么了不起！你当我们不敢惹你吗？我偏偏惹惹你看。你就是老虎我也要拔掉你两颗牙！你就是大象我也要扯掉你的鼻子！同志们，站开一点，仔细看我的动作，我如果这么拔牺牲了，你们就接受我的经验，改个办法！’很快，敌人的地雷法宝就破了产。人们起雷起得着了迷，也有了经验，战士们就像到了瓜地里一样，一口袋一口袋地往我们阵地上扛。扛来以后，就给他来了一个地雷大搬家，有的埋在我们的阵地前头，有的就埋在敌人出没的地方。有一次敌人到了山顶，中了一颗地雷，就抢着往山脚的防空洞钻，轰，轰，防空洞的地雷也响了，几个敌人全炸死在那里。地雷扫清了，这时我的伙计又在电话里嚷起来：'同志们呀！这个地方蹲的时间不短啦，往前挤一挤呀！'我们师长有个脾气，爱把挤出来的地方种上棒子作纪念，战士知道这个。你猜战士听见师长的话以后又怎么讲呢，战士的话比我们总是生动得多——"

"怎么讲呢？"我着急地问。

政委笑了笑："他们讲，好消息！咱们的师长又叫咱们开地种棒子啦，各人都种上点吧，头伏萝卜，二伏菜，三伏种荞麦，得快些啊。"

我笑得几乎把糖吐出来，我说：

"那么，今天又去开庄稼地啦！"

这时，我们的谈话告了一段落。可是那边的炮兵会议还没有结束，只听师长那洪亮的声音讲道：

"就这么办！不管敌人的炮群怎么多，射程怎么远，不要忘记，一个根本的弱点——怕死，他是不能克服的！现在我们炮兵装备加强了，祖国人民捐献我们多少大炮呀！敌人的步兵可以被打得像狗爬，敌人的炮兵就不会被打得像狗爬吗？……"

一阵满堂哄笑在峭壁间回响。

三

上午八点钟的时候，我和司令部通信科长到前面去。还有一个热情的通信员领着我们。小通信员黑乎乎的小圆脸，一笑还有两个酒窝儿。他穿着一双合脚的黄胶鞋，背着一支冲锋枪，几乎是跳跃着走在前面。

我们沿着一条隐在山沟的小公路向前面走。飞机在头上转，我们也不理它。一路走来，两边都是青青的山岭，很美的山岭。满坡的栗子树，玉棒般的栗子花落了遍地，放着甜香；野海棠像一片碎银子撒在河边，小河水戏着小鱼哗哗流去。可是，走不多远，就看见前面冲起一道黑烟，拐过山脚，看见一间房子正起着火。离房不远，还有一座跟中国一样样的美丽的小钟鼓楼，也被炸得歪斜在那里。这不定是朝鲜的什么古迹！

我们从着火的房子走过不远，又有两三间房子，这几间房子还算完整。但其中的一间，也被炮弹掀走了一角。房子前面的打谷场上，有一个须发斑白的老汉，光着膀子，赤着两只脚正在打场。看见我们，用老花眼望了一望，点了点头，又继续打。门里边，一个妇女背着一个小孩正在切菜，还有一个十二三岁的女孩，穿着已经破了的海军式制服，正在看书。

“不好！”突然，通信科长惊呼了一声，又猛拍了一下我肩膀说，“你看！”话音没落，只听轰通一声巨响。

响声去处，升起一团黑烟。原来，一颗炮弹正落在稻田里那几个正在插秧的朝鲜妇女附近。只见那几个妇女连忙朝一边跑了十多步远，蹲了一会儿，擦了擦溅到脸上的泥，又回到原地插起秧来。（炮弹落下时，朝鲜妇女淡定的表现和熟练的躲避动作，体现了她们面对战火的坚韧和顽强。）我清清楚楚地看到：这是两个穿白衣白裙的，一个穿淡青小袄束着黑裙的朝鲜妇女，在水平如镜的稻田里，映着她们三个弯着腰插秧的影子，也映着她们背后青山的山影。

“咦！”通信科长赞叹了一声，说，“你再往前边去，还可以看到很多。我们往前面打，朝鲜人民就紧跟着我们在后面种！我们往前挤一块儿，他们就在后面种一块儿。仅仅是‘真空地带’没有他们。在我们最前面那个连的后面，就有他们！虽然，他们也有的被炸死在稻田里！他们的血也流在稻田里！……”

通信科长的声音有些嗄（shà，嗓音嘶哑）哑：

“而且，你看，他们种的稻垄（lǒng）子多直多齐啊！这是慌慌促促种的吗？你看不出来，就是这种情况下种的。”

我看了看那很直很直的稻垄子，又望了望那几个插秧的朝鲜妇女：有两个弯着腰，一个正往田埂上走，大概是去取稻秧。

“了不起的人民！”通信科长边走，深有所感地说，“每天都有这种情形：一个人去前线种地被炸死了，亲人们就当天掩埋了他；揩干眼泪，又接着去种。有的泪也不滴，就又扶起犁把子。老魏，这是种地吗？这不是种地，这是作战！多么顽强的战斗精神啊！朝鲜人民就这样跟我们在一起，和敌人磨着、斗争着……”

忽然，通信员回头说道：

“注意，前面是敌人的炮火封锁区……”

话没说完，只见前面升起一团团黑烟，接着轰隆轰隆像炸雷一样响了一阵儿，这是敌人的排炮。

“首长！”小通信员的脸绷得连酒窝儿也没有啦！瞪着两个小黑眼珠，望着通信科长，也看看我，说，“别的时候我服从您，这当儿您听我！我要对您负责！”

我们俩微笑地看着他。

他把通信科长和我的雨衣，都不由分说地拿过去夹好，以便我们能跑得轻快些；然后一提枪把，眼睛盯着前面。待了两三分钟，轰隆隆，轰隆隆，又是一阵排炮打在原处，这时候只听他喊了声：“快跑！”我们就跟着他猛跑过去。我们跑的这段路，满是大大小小的弹坑，小坑是炮弹坑，大坑是炸弹坑，有的里面是水。除此以外，就是稻田溅过来的稀泥和榆树皮似的炸弹片。地皮都熏（xūn）黑了一层。

“好啦！可以慢慢走啦！”

小通信员很为他的“指挥”胜利而得意，卖弄了一个鬼脸。一边掏出手巾擦汗，一边又向我们笑了笑，两个小酒窝儿又露出来了。

通信科长故意沉着脸，用上级对年轻战士的那种亲昵的语调说："真调皮！你以为这就指挥了我们啦！"

"嘿！不管怎样，我完成任务啦。——前面那个山头就是！"

四

我们进入了交通壕（阵地内连接堑壕和其他工事以供交通联络的壕沟。在重要地段上有射击设施。也叫交通沟）。啊，这交通壕多长，多远啊！它曲曲弯弯地绕过山头，盘过山腰，下到谷底；接着，像我们祖国的长城一样，又飞上陡峭的山岭！有几处纵横交叉，路线连结，四通八达，伸向各处。你不知道它是通到人民军、志愿军的多少营连，多少阵地和多少指挥所啊！从东海岸到西海岸，它把所有的这一线高山大岭盘结在一起，串联在一起！

"这是怎么挖的啊，真像我们祖国的长城一样。"我赞叹着。

"你还没有看到真正的'长城'哩，"通信科长说，"假若你看到我们的战士，用自己的双手，不，用自己的意志，创造的'地下长城'，你才更加惊讶呢。"

正说着，只听那边传来有节奏的沉重的敲击声。

我们向前赶了几步，只见交通壕的一边，搭着一个小棚子；棚子底下，两个战士光着膀子，通身是汗，正在抡着大铁锤子打铁。另外一个战士蹲在那里拉风箱，添煤，小火苗呼呼地欢叫。小棚的柱子上，贴着“小小铁工厂”几个字。

我们停住脚步，仔细一看，那风箱小得很，一看就知道是用子弹箱改造的。那铁砧（zhēn，捶或砸东西时垫在底下的器具）子是一个什么铁砧子呀，那是一个二尺来长的美国八英寸炮的臭炮弹（打不响的炮弹）！弹头的尖头，在地下埋着，这就成了铁砧子。两个光膀子的战士，一个用钳子夹着一个烧红的镐（gǎo，刨土用的工具）头，一个抡着铁锤狠狠地砸着。旁边扔着好几十把大大小小的镐头，有磨秃了嘴尖的，有拦腰受伤剩了一半的，还有的只剩了几寸长。我马上想起，这不就是在北京展览过的那种镐头吗？是啊，就是那种镐头，那种赶做阵地工事，从鸭绿江挖到汉江，又从东海岸挖到西海岸的镐头！为祖国，为朝鲜人民的幸福建筑防线的镐头！那曾感动得人们滚下热泪的志愿军的镐头！

掌钳子的战士，又把一块红通通的秃镐头，带着小火苗夹起；拉风箱的战士，又捡了一把秃镐头放到炉火上，风箱忽嗒忽嗒地吹奏着，火苗又呼呼地欢叫着。

我们正看着，忽听有人喊道：

“给我们班快点打呀！里面的镐又磨成鸭子嘴啦！”

我们顺着声音看去，一个战士手扶着洞口正向这边张望。这个战士手脸乌黑，好像才从煤窑（yáo）里钻出来似的；由于沉重的劳动，脸也有些瘦削。他用力地呼吸着新鲜空气。

这个战士，怎么这么黑呀？我很纳闷。我们跟这个战士打了个招呼，想进洞去看看。刚一进去，里面黑得什么也看不见，只闻着有一股松木的香味。觉得走了很远很远，才看见有一点火光。走近一看，原来地下烧着几块松木“明子”，松木起着黑烟，烧得嗞嗞冒油。我们这才知道战士的手脸就是被这松烟熏的。走了不远，又是一堆堆烧着的松木“明子”。借着火光，看见一个战士，正坐在那里举着镐刨着。我仔细一看，周围全是坚石。这个战士的镐头落下去，就冒出一股火星，落下一些碎末。有时落下去，只啃了一道白印，好几镐才下来核桃大的一块。这个战士就是这么刨着，咬着嘴唇，一镐一镐地刨着。

“同志，您辛苦啦！”

他把脸扭过来，看了看我们说：“家常便饭啦！”说着，又要去刨。我敬了他一支烟，握了握他的手，只觉着他的手面上疙疙瘩瘩的，仔细一看，上面有三四个紫葡萄似的血泡。还有一个破了的，浸着血。我说：

“看你的手面上全成了血泡啦！”

他把烟在松木“明子”上燃着，抽了一口，笑了笑，幽默地说：“不要紧，一门榴弹‘泡’也没有，都是小六〇‘泡’！”

通信科长说：“他们最辛苦啦。有的战士打了泡还保守秘密呢，班长跟他们说话的时候，就把手藏在背后，为的是怕别人换下他们！”

为了不耽误他的工作，我们就走出洞来。

这时，只见山头上，顺着交通壕跑过一个人来，他头上戴着一顶用树叶做成的防空盔，背着一个金色的黄铜喇叭，喇叭上飘着红绸子。他兴冲冲地走着，红绸子在身后飘着，手里提着一包什么，一边走一边嚷：

“又来了一个嘴啃泥！”

那几个打铁的战士，把铁锤放下，截住他忙问：“司号员，落到哪儿啦？”

“就落到咱们这个大山脚下啦，翅膀摔断啦，飞机身子钻到地里头好几尺深，驾驶员成了肉饼子啦！你们看……”司号员说着，在洞口打开了他的手巾包。

我们也赶快走过去。

这是什么手巾包呀，这是一面斑斑点点的美国国旗。国旗里面包着：美国女人的照片，打着红嘴唇印子的情书，还有这个家伙得意扬扬抱着日本女人的合照，此外，还有非常精致的美金收入登记簿，一个断了表带的手表。还有……

我们拿起一面折叠得很好的白布。展开一看，上面印着好几国的文字，有日文、朝文、中文、俄文，还有不大认识的其他文字。每国的文字排成一小方块，都是同样的八九句话。那一小方块中文，上面写的是：

> 这里有人帮我的忙吗？
>
> 我饿了！
>
> 请给我一点儿热东西吃，给我点儿热水喝！
>
> 我是来帮助你们的。
>
> 请你们藏庇（bì，掩护）我，不给共产党害我……

我给大家念了一遍，战士们全都哄声大笑起来。那个抡大锤的战士，笑得咯咯的：“生活要求很不低呀，还想吃热的东西呢！”拉风箱的战士紧接上说：“唉，人家又不天天吃饺子，藏着你这个肉饼子干什么呢？”更引得大家笑了一阵儿。

那个正在挖洞的战士，也钻了出来。

这时司号员说：“你看，你们只顾笑，还有个最精彩的东西，你们就不看！”说着，从那个皮夹里掏出来一小片纸。

大家一看，正是今天日本东京某戏院的夜场戏票。

“你们看巧不巧？”司号员晃着那张戏票说，“今天晚上我们正要开快板晚会，这个戏票可是个编快板的好材料，我找文化教员去啦！”说罢，整理好他的手巾包，顺着交通壕一溜烟跑走了。

那个手上起有血泡的战士，拉了一下他的同伴说：“回去挖吧，伙计，这个买卖合算，手上多几门‘泡’没关系，咱们就这么跟他磨！”

他们又回到洞里，小小铁工厂又响起了沉重的锤声。

五

我们在一个山坡上，到达了今晚要参战的那个连队。

通信科长忙着去检查通信工作。在这里我遇见了副指导员。他刚开完支部大会，现在正蹲在那里帮助战士绑飞雷。见我来了，他站起来敬了一个礼。多年轻啊，最多不过二十一二岁。脸被太阳晒得说红不红，说黑不黑。我给他道了辛苦，这年轻人黑黑的睫毛忽闪忽闪的，似显不显地露出一点儿年轻人的拘束和羞怯。

他给我搬了一个子弹箱子让我坐下。我擦着汗，一阵凉风吹来，着实凉爽得很。这也许是前线上最宁静的时候，头上只有几架敌人的炮兵校正机，不死不活地飞着，敌人时断时续地打一两发冷炮，谁也不理睬它。这时附近一排洞子里，传出了一阵阵的歌声。

这是多么引人的歌声啊，这是战士们的歌声！

我说，我要去看看战士们。副指导员马上派人领我进了一个班的洞子，又忙着绑飞雷去了。一进洞口，我看见一边壁上，平扯了四五道铁丝，铁丝上满挂着书，像丰收的豆荚，一本挨着一本。那些有彩色封面的连环图画，封面上多半写着："赠给志愿军叔叔。"字儿歪歪扭扭的，却歪扭得那么可爱，好像刚学挪步的孩子。另一边的壁上，靠上面挂着一溜儿慰问袋：有葱绿色的，有淡青色的，也有米黄色、粉红色的……战士们把它挂得一般般远，一点儿尘土都没有。有的虽然已经洗过，但上面绣的字儿、花儿，还是十分鲜艳。风一吹进来，它们就像架上垂着的葫芦一样微微地摆动。再下面是战士们自己的墙报，墙报上是表扬模范的快板，和战士自己贴上去的决心书。一边靠墙还支着一块小木板，上面是战士们的饭碗和用敌机的破片制成的筷子和小勺。靠里的墙上还挂着用蛇皮蛙皮制成的胡琴……这些那些，真真是个住家户的样子！（志愿军战士把在前线住的洞子装饰得像家一样，体现出战士们的用心和战斗到底的决心。）

"是谁在门口呀，请别挡着亮儿，进来吧！"

我连忙走进去，坐下。洞里很暗，待了一刻，才看清楚了战士们，正在缝手榴弹袋。虽然我们的大炮多了，炮火强了，但跟敌人打交手仗的时候，这还是好东西哩。他们怕在节骨眼儿上四个手榴弹不够用，这里他们要缝一种能装十四五个的大手榴弹袋。

一会儿，我们就熟得像老朋友一样啦。

他们都是这么年轻壮实：穿着衬衣，有人露着粗粗的膀臂，有人露着紫铜色的胸膛，一个个坐在地铺上，挤在一起，边缝边唱。唱的全不一样，各人唱各人喜爱的，声音高低也不一样，横竖主要是缝手榴弹袋。

也有的没有唱。——这是第一次参战的新战士，他还不知道战斗到底是什么样哩。可是那些老战士，却好像自己从来就是老战士似的，多少有点儿傲然自得的神气，唱得比别人都响。

一个小圆脸战士唱得最快活，他大概是四川人吧，光着个脚板子，一边唱还一边用脚板子一动一动地打着拍子。

我说："小鬼，你怎么这么乐？"

"嘿，打仗还不乐！"

他回答了我，马上就有一个年纪稍大的战士插嘴说："同志，还没有给您介绍：这是我们班最快乐的人啦，人家这几天，就接连碰见两件大喜事！"大家都停了歌唱，很有兴趣地望着小鬼。

"什么大喜事？"我忙问。

小鬼脸红红地抢着说："有客人在这儿，可别胡开玩笑！"

"什么玩笑，这是事实嘛！"那个年纪稍大的战士越发起劲儿地往下讲，“第一件喜事，是前天晚上接到他老父亲一封信，信里说：你不要惦记家里啦，土地改革实行啦，房也分啦，地也分啦，不住小茅草屋啦，搬到地主家的正堂上去啦。家里头过去不和，现在也和美啦，你要好好地为人民立功！还说，你媳妇……”

“他娶了媳妇？”

小鬼的脸更红了，沉着小圆脸威胁地说：“你再说！你再说！”

但那个战士还是照样说下去：“怎么！现在你媳妇成了村里的妇联会主任，这还要保守秘密！”

那小鬼反驳地说：“咱们连有几个没得到这样的信？你们为什么单挑出来说我！”

另外一个战士插了嘴：“说说你有什么不好！光许你藏到墙角里自个儿乐！”

“喂，别吵！别吵！这是第一件喜事，还有第二件哩。”那个战士又继续说道，“这第二件喜事更大！——咱们班里的人，一天吵着要见毛主席，谁也没见过，可是他见到了毛主席……”

“在画报上！”有人插嘴。

“不，前天晚上，我放哨回来的时候，点上灯，正要睡下，听见他喊：‘毛主席，毛主席……’我推醒了他，问：‘你做什么梦呢？’他揉着眼，怔了好一会儿才说：‘我梦见立了功去见毛主席啦！毛主席正握着我的手跟我谈话呢！’”

小鬼报复地说：“还说我呢，你昨天晚上不也是做梦参加庆功会？刚上台要报告立功事迹咧，就被人家鼓掌鼓醒啦。战斗还没开始，你就先参加了庆功会！哈哈！”

正在这时，听见排长在洞口上喊：“手榴弹兜儿缝好了没有？连长待一会儿就来检查啦！”

大部分战士的袋子都缝好了。手榴弹，叮叮咣咣地往兜儿里装。他们简直像穿炸弹背心一样，披挂起来，好不威风！

连长来检查过之后，连部又传来通知，青年团员们到连部集合。不大会儿，到前面去指挥作战的团长也从交通壕里匆匆地走过去。战斗的时刻，围猎的时刻，一分钟，一分钟地迫近了。

六

太阳已经落山，战斗快要开始。

通信科长检查完了工作，我们爬到一座较高的山上，在这里可以看到战斗是怎样进行的。

我望了望脚下的这块阵地，这是多少双带着血茧的手，一镐一镐挖出来的阵地啊！正是这块阵地，这一块连一块的奇迹般的地下长城，使得具有优势装备的数十万侵略暴徒不能前进一步，惊惧在我们的战威之下。多伟大多倔强的阵地啊！我就站在这样的一块阵地上！

前面，这是清清楚楚的两列连绵的山岭。两列山岭之间，是长满荒草的山谷。山谷中间是一条弯弯曲曲的细流。

通信科长用手一指："那条小河你看见了吗？"

"看见了。"

"好！"他说，"这比你看地图要清楚得多，河这边就是革命阵营，河那边就是侵略阵营！不过，河那边有几个发黄的山包子，你看到了没有？"我仔细一看，敌人那列山岭下面，果然有几个发黄的山包子。

他继续解释说："这几个发黄的山包，都是最近向前挤的。如果你分不清敌我的阵地，你便看看山头是发绿的还是发黄的，就可以知道。发绿的多半是敌人的，发黄的多半是我们的，因为敌人的炮火多，把我们的山头打成黄的。可是，还有一个规律：你看看，黄山头，一直是向前的；绿山头，一直是向后的。你从团部经过，看见他们团长种的一小块棒子吗？——那是当时挤的新阵地，可是现在那棒子地早成了大后方了。"

我没有回答他什么，一直望着河那边的几个黄山包。那几个黄山包，有多少可爱的战士守在那里啊。他们在那里正做些什么，我不知道也看不见，但只看见那几个黄山包，在山谷那边，在河那边，在敌人绿色的山头下，对抗着敌人密密麻麻的地堡，是多么顽强地站立着！

渐渐看不见了，天黑了。突然间，听见背后一阵呼啸着的炮弹出口声。回头一望，只见火光闪闪，照亮天空，是我们的大炮开始射击了。接着前后左右的炮兵阵地，像打闪一样，都开始了急袭。成群的炮弹像几千飞扑的猛禽，嗞嗞地从头上飞过去，飞过去！飞过去！

战斗开始了。

我一看表，分针正指到炮火急袭的时刻上！

只见敌人的一线山头，大大的火团，血红的火团，一明一灭，接着是一阵阵炸雷撕裂天空的爆炸声。那声浪呼隆隆隆、呼隆隆隆地滚动着。敌人接连地打起一个个照明弹，照明弹在山头上空飘飘坠坠地垂着。敌人的探照灯像一条白色大蟒似的晃动，把山头照得雪亮。

看吧，今晚一定要有一场激烈的炮战！我预料着……

这时，通信员从交通壕走过来，告诉我们说：突击连已经突过了第三道铁丝网！

过去三道铁丝网，还有七道呢！这时我想起了突击连的同志们，特别是我们年轻的副指导员，还有那个小黑圆脸的战士。他们现在是怎样地向铁丝网里爬着啊，前进啊！炮火延伸射击了，前面响起了激烈的手榴弹和机关枪声。

按战斗常识，已经进入了你死我活的肉搏战。

敌人的飞机，轰轰隆隆地飞过来，声音很沉重，一听就知道是重轰炸机，很显明，他们要来轰炸炮兵阵地。因为我们炮兵发射的火光这么大，我真为他们担心。

重轰炸机，围绕着我们的炮兵阵地盘旋起来。等它看好，正要准备投弹的时候，我们的高射机枪，红色的曳光弹像一条条火龙似的迎了上去。重轰炸机就急忙折到另一个炮兵阵地，但等它遇到同样拦阻射击的时候，就远远地飞到不知什么地方去了。

后面响起了一阵沉重的爆炸声。

"怕死鬼！"通信科长轻蔑地笑着，"你看这几架轰炸机，本来是来炸我们的炮兵阵地，可是高射炮火一去迎接，它就不知到什么鬼地方扔弹去了！敌人不管什么兵种，怕死这个特点都是一样。过去敌人的炮多凶多猛啊！现在我们一制压，他就大部不敢发言了。"

敌人的炮，果然，除少数在进行还击外，大部都变了哑巴。我忽然想起师长在炮兵会议上的讲话，心里不由得生起一种敬意；他多日的辛劳，得到了成果。

这时，忽然通信员又跑过来喊道："科长！副教导员叫我告诉你们：阵地已经占领了，敌人消灭了，叫你们进洞子休息呢！"

我们回到营部的洞子里。

电话铃叮叮响着，副教导员拿起了耳机。接了电话，他把耳机一放，对我们说：

“咱们师长的工作抓得真紧哪！”

“他说了些什么？”

“他说：明天上午要把战斗报告送去，晚上就要把战斗的经验教训总结送去，一定要打一仗，进一步！小战斗也不能随随便便！下次挤阵地就会挤得更好！你看战场还没打扫呢，战后工作就布置下来了，你说他抓得紧不紧！……”

这时，忽然听见门外有人唱歌，用那样高亢的声音唱着：

炮火震动着我们的心，
胜利鼓舞着我们……

副教导员马上脸色一沉：“这不是突击连的副指导员吗？战场还没打扫，为什么他先下来啦！”说着，我们出去一看，只见从那边过来一副担架，有一个人躺在上面，他还在继续唱着：

中朝人民亲兄弟，
并肩作战打击敌人……

啊！是他！是副指导员！是那个脸被太阳晒得说

黑不黑说红不红的年轻人！

我差不多和副教导员一块儿迎上前去。副教导员拉了一把担架员的膀子，悄声地问：“伤得怎么样？”担架员回答说：“腿上，伤得不轻！”谁知却被他听见了，他想挣起身子，没有挣起来，他说：

“副教导员！您放心吧，过不了一个星期就回来啦！”

我和副教导员握了握他的手，这刚才打过手榴弹的手，这还带着烟火气息的手。在星光下，我多想再看看他，多想清清楚楚地看看他！这个可爱的年轻人！

担架过去了，慢慢地转过了山弯。小风吹着，又传送着他的歌声，这是这块阵地上发出的歌声啊。听着这歌声，我回想起我在这块阵地上所经历的一切。……这一切，是一个意志、一个声音，它像洪亮的号召一样，在我的耳边响着：坚忍地斗争下去吧，以你更大的雄心去压倒敌人吧，能前进一寸就前进一寸，前进一寸也不算少；能杀死一个，就杀一个，杀死一个野兽就少一个！让野兽们更加害怕我们，更加厌恨我们吧！要是侵略者不想和平，撒赖逞（chěng）凶，战士们，活活地熬死他们！挤垮他们！

一九五二年九月十二日于朝鲜西海岸

成长启示

“我一口气吃不了你，我一口一口地吃！”此时的志愿军战士已将战争刚开始时单纯的燃烧的热情，转化为一种沉毅的态度。不急于一时之快，而是咬定目标，坚持不懈地一步一步“挤”过去。这就启示我们，不论是多么远大的目标，多么艰难的任务，只要我们坚持走稳每一步，就有机会实现它、完成它。

要点思考

1. 结合文章内容，说一说志愿军在挤垮敌人的过程中，是如何与朝鲜人民配合的。

2. 阵地上的“地下长城”是怎么挖出来的？

祝 贺

导读

1952年的这天，“我”重新入朝，来到志愿军某军战士中间。与之前相比，有的指挥员头上开始添了几丝白发，一些年轻的战士已变得比较老练，军中还多了许多新面孔……与此同时，在全军作战这一年半的时间里，战士们取得了不凡的战果……

姑娘回到娘家，总是欢喜的。我这次入朝来到某军，正像姑娘回到娘家一样，心里有一种说不出的感情。因为这是我革命的家、战斗的家，长期培养我、教育我的家啊！

这支部队，从她跨过鸭绿江的那天算起，到现在已经一年多了。在这一年多的日子里，同各兄弟部队一起，同朝鲜人民一起，她迎接了，勇敢地迎接了她从未经历过的这场战争。这对她不能不说是一个考验。

然而，她经得起了这个考验。特别是在可歌可泣的涟川、铁原阻击战中，现代战争的烈火，检验了她优秀的战斗品质。一个部队有着这种战斗品质，这是多么光荣和可贵啊。当我听到各方面的良好反映，我心里也觉得暗暗高兴。

当然，我知道这些荣誉的得来是不容易的。我来到这里的三个月中间，看到许多指挥员和干部，我所熟悉的老战友们，他们是多么勤恳，多么辛苦！有的人头上开始添了几丝白发，有的人添了几道皱纹，有的人，他的面容比起他的年龄已经显得苍老。然而，他们的精神，他们的战斗意志，却仍然是那样年轻，像春天的杨柳那样年轻，像奔腾的流水那样年轻。战友们，亲爱的战友们，我知道你们是辛苦的，战争能夺去你们的青春，但它却夺不去你们永远朝气蓬勃的战斗意志。你们的每一丝白发，你们的每一道皱纹，都和祖国人民的幸福联系着，都和祖国荆江分洪的水闸、淮河的庄严工程等等一日千里的建设联系着，都和我们千千万万孩子们的可爱的笑脸联系着，和世界革命联系着。

我也看到了一些年轻的战友，他们过去或者被人喊作“小张”或者被人喊作“小李”，虽然今天仍然有人这样亲昵地唤他，但是在党的亲切教导下，他们已经开花了，已经结果了，已经不是一株小树，而变成一株大树了。他们的战斗经验、工作经验更加丰富了，他们的风度也更加老练了，他们在各个战斗岗位上，都成了有力的支柱。

更可贵的，我还看到了几个老炊事员同志。他们现在还做着炊事员的工作，虽然这个单位的人员不知流动了多少次，但他们依然像从前一样地忙碌，紧张地切菜，小心地淘米，辛勤地挑水，勤恳地征求每一个同志对伙食的意见。当我握着他们满是茧子的两只大手的时候，能不让人动心吗？而且他还要这样战斗下去，不论什么险恶的环境，也不论到什么时候，他都要这样跟下去，一直到实现了他的崇高美丽的理想为止。虽然功臣榜上不一定有他的名字，庆功会上也不一定有他的发言或报告，但他向人们宣示了平凡而又伟大的真理，他们是忠臣，是党的忠臣、人民的忠臣、国际主义的忠臣，人们同样会从他们那里得到鼓舞，会感到做不好工作就对不起他们。

还有一些战友，可爱的战友，我没有见到他们，而且我永远看不到他们了。他们为了完成光荣而艰巨的任务，为了尽到自己的责任，为了自己伟大的理想，在战斗中间，和党和人民和他的老战友们永别了。有一天，我骑着一匹黑马到某地去，饲养员告诉我，这就是老战斗英雄、团长邓仕均同志生前骑的那匹黑马。这匹黑马，跟了英雄的邓仕均同志好多年。我骑到这匹马上，望着这匹马黑色的鬃毛，想着邓仕均同志战斗的一生，心里是如何地悲痛，而又对敌人是如何地仇恨。仕均同志和别的牺牲了的战友们！虽然我们不能相见了，但是你们的顽强的战斗意志，和你们的声音笑貌一起留在我们的记忆中间。这次在保卫开城的坚守防御中，你们团和其他团狠狠地打击了敌人，这不是你们留下来的战风吗？就是这种战风，在任何的战斗里，要把敌人压倒，使敌人纵有优势的装备，也要屈服在我们的战威之下。牺牲的同志们，祖国人民和朝鲜人民都永远忘不了你们。

这次我回到军里，还看到了更多的我不熟悉的同志们。这些同志，来自丰饶的四川，来自四时如春的云南，来自繁华的上海，也来自广阔平坦的中原和祖国的东北……他们都是在抗美援朝的号角下拿起枪来的优秀儿女。他们都是这么有觉悟，有生气，有着饱满的战斗热情，叫人一看就心里头欢喜。他们的到来给这支部队注入了新的有生命力的血液，也从这支部队中很快地接受了优良的战斗作风，立下了累累的战功。看到他们的战功，你真难相信不久以前，他们还只是一个普通的工人和农民。看到了他们，更使我感到了“娘家”日子的兴旺。

我来到这个军已经有三个月的时间了。在这三个月中间，我感到这个军在各方面都有新的进步。最使人高兴的，是整个部队的革命英雄主义有了进一步的发扬。这是一个很大的成就，很重要的成就。

我参加了军、师的英模会和庆功会。我和很多的英雄、模范和功臣同志们见了面，谈了话，听了他们的报告，从他们那里受了很大的感动和教育。有许多英雄已经成了我亲密的朋友。这里，我不去一一歌颂他们的英雄事迹了，这是几句话说不完的。我要很好地去体会它，以便能很好地歌颂它。这些英雄们创造的英雄事迹，没有一件是轻而易举地创造出来的，没有一件不是用自己对祖国对党对人民的全副忠诚、全副热情，用生命和血创造出来的，因此，文艺工作者也必须同样用自己的全部生命，耗干自己的血去歌颂他。

我这里想提一提一个有意义的数字。在这个军，作战的一年半以来，包括郭恩志等许多志愿军的英雄在内，全军涌现了四百一十五个立功单位，和八千多个人民功臣。（借助数字来说明战士们所取得的胜利成果之大，有力地表现了志愿军战士们高昂的战斗精神。）这一个数字在一个军的范围来说，是颇惊人的。这不是一个人两个人，也不是几十或几百个人，而是八千多人！像各个兄弟部队一样，这个数字，表示了整个部队爱国主义与国际主义的觉悟是多么高！他们的革命英雄主义精神是多么旺盛！

祖国鼓舞着我们。党和毛主席鼓舞着我们。在毛主席的领导下，我们伟大可爱的祖国，我们充满着青春的祖国，正以一日千里之势奔腾前进。她一天比一天可爱，一时比一时可爱，她使一切优秀的儿女，都甘愿为她牺牲自己的一切。这就是我们部队革命英雄主义的无穷源泉。今后，在共产党的坚强领导之下，在英雄、模范、功臣同志们的带头之下，在这支政治素质优良的部队里，在这支战斗作风顽强的部队里，在这支各种工作朝气勃勃的部队里，革命英雄主义必将形成更强大的洪流。

而这样，恶贯满盈的美国侵略者必将受到更沉重的惩罚！中朝人民必将获得更加伟大的胜利！

这就是我的祝贺。

一九五二年九月二十日于朝鲜

前进吧，祖国！

导读

转眼进入朝鲜战争的第三个年头，祖国的建设也发生着日新月异的变化。新造的武器被运送到了战斗前线，成渝铁路通车的消息随着一封封家信传到了战士们的耳朵里，战士们为祖国前进的速度惊叹着、兴奋着，身上凝起一股前所未有的劲儿……

炮火声里，栗子树朴素的花穗，又落遍了朝鲜。这是朝鲜战争的第三个年头。朋友，你们一定很羡慕我，在这里，我又看到了我们可爱的战士们。他们，离开可爱的祖国已经两年了。在这两年中，他们付出了多大的辛苦啊！两年的时间不算很长，可是我看见许多的指挥员，他们的额上添了皱纹，有的人鬓（bìn）角上添了几丝白发。战士们，千千万万的战士们，他们的双手都磨起了厚厚的血茧，他们就是这样，用自己的双手，劈开了、掏通了从东海岸到西海岸的崇山大岭，连成密如蛛网般的地下长城。他们就站在这道长城上，打击着、折磨着那些还没有被斩尽杀绝的野兽；也是在这道长城上，他们回头望望北方——那是自己的祖国。

祖国，对于一个离开她两年的战士，是多么叫人神往啊。谈起祖国，当然，他们在怀念着自己的母亲，怀念着自己的妻子和朋友；可是他们却更忘情地谈着一件事，人人都在谈着，处处都在谈着，在那所有的弯弯曲曲充满硝烟的战壕里，都在谈着一个迷人的字眼——祖国的建设。你可以看见，在许多指挥员的房子里，在插着一束野花的瓶子旁边，挨着他们的军事地图，贴着劳动英雄的彩色照片、治淮工程的照片、成渝铁路通车的照片。在战士们的掩蔽部里，也贴着这些画片：有许许多多微笑的孩子，也有第一次出现在祖国农业合作社的拖拉机，还有突突冒着烟的工厂。就是那些为了祖国为了朝鲜人民而光荣牺牲的人们，他们的身上，也有着跟决心书一起被鲜血染红的这些照片啊。

祖国在前进。祖国一日千里的建设，是多么激动着为她战斗在国外的儿女们。祖国啊，在炮火弥天的战线上，人人都在想着你，人人都在听着你，甚至从一封短短的家信里去猜着你。人们虽然望不见你，可像能听见你一样；因为你奔腾前进的脚步，在震动着你的儿女们的心啊。你使得多少战士，在接到新的枪支、炮弹的时候，惊奇着，赞叹着；你使得多少战士，为你的每一个成就奔走相告；你又使得多少战士，在低吟了家信之后，一连许多天，脸上都保留着动人的笑容啊。遥远的祖国啊，你知道吗，你知道你的奔腾前进，是怎样地激动着那些为了你拿起枪来的儿女们！

某个连队进行爱国教育的时候，有一个战士站起来说："报告指导员，我有两句话跟大家说一说吧。"这个战士得到指导员的允许，就走到队前，从口袋里掏出了两封家信，还有一张照片。他眼里含着泪圈，高高地举起了这张照片，激动得声音都有些嘶哑了。他说："这是我妹妹的相片，你们看好不好呢？"大家一看，这是个年轻的女孩子，真好啊，又壮实又好看，一双明亮的大眼，梳着两个发辫，发辫上还结着两个蝴蝶哩。

"同志们，可是她从前不是这样的呀！"同志们望着这个战士，他边想边说，"她以前给地主家当丫头，浑身上下被打得青一道紫一道的，拖着一个小干巴辫子，脸黄黄的不像人样。她三天两头哭着跑回家来。爹娘撇下了我们俩，我连我的妹妹都养不住！我们俩只有守着奶奶去哭，守着叔叔去哭，可是他们又有啥子办法？"说到这里，泪珠滚了下来，他又说："我一

蹽脚出来这么多年了，谁承想我的妹妹还活着呢。可是，祖国变啦，家乡也变啦，信上说，靠近我们家，工厂建设起来啦，她已经进厂当工人啦。我奶奶、叔叔都分了地，成立了互助组，说不定，再有上几年，大拖拉机也在我们那里呜噜呜噜地耕种啦。她还说，要我坚决在前面打，她在后边努力建设，要跟我比赛哩。你们看看相片上她那乐呵呵的样儿！”

同志们又一齐望着照片，望着那个发辫上结着蝴蝶的女孩子。这个战士又像询问别人似的说：“同志们！你们说，这是怎么回事？这些天，打起仗来，我两条腿老是不由自主地往前钻；干起活来，只嫌时间短。连大铁锤都砸成了圆疙瘩，尺半长的大镢头（刨土用的一种农具。镢，jué）磨成了织布梭，可是我呢，困也不觉困，累也不觉累，越想越高兴，越干越有劲儿，你就不知道这股劲头有多大！”

这是一个普通战士的家庭变化，也是万千个普通战士的家庭变化。祖国近年来的大发展，给人多大鼓舞啊！如果说，当我们的战士跨过鸭绿江的时候，是美国侵略者对朝鲜惨无人道的摧残，是那些废墟，是那些血和火，惊醒着人们，激怒着人们，为保卫祖国奋不顾身地战斗，那么在今天，战士们就更浑身增添了新的无穷的力量：这就是祖国的建设，祖国一天比一天的美好，以及新的迷人的美景，格外地吸引着人们，燃烧着，真的是燃烧着人们的心！

当成渝铁路通车的喜讯，传到了朝鲜战场，特别使得四川籍的战士们轰动了。正在行军中的战士扭起了秧歌舞；阵地上的战士，拍着他们怀里的枪支唱起了家乡的“金钱板”。有一个战士的家紧挨着成渝路，他更以深沉的感情告诉人们：他家的门前有一条小河，小时候打草打柴过来过去，就看见河两边插着两个小木牌，听人讲，这就是要修的“成渝路”。可是等到自己长大了，二十多年过去了，小木牌早已烂掉了，父亲也被迫着修路受难死了，可谁也没有看到什么“成渝路”。他说：“谁会想到，解放不到三年，成渝路就通车了呢！我现在常常梦见家门前的小河上，架了一座又结实又漂亮的大铁桥，火车冒着烟嘟嘟地从那边过来了，我的母亲正穿着新衣裳看火车呢！”另一个四川籍的战士插嘴说：“可不是嘛！我也做过一个梦。梦见坐上了祖国的火车，不知道怎么东扭搭西扭搭地就拐到成渝路上。我一看，真好啊！这成渝路真比哪条铁路都漂亮。火车嘟嘟地走着，一走就走到离我家四十里的车站停下了。从车窗里向外一望，哈，变啦！我出来的时候，这儿还是一片荒草地，工人们正在那里铲草，怎么沿着铁路一大片一大片全是一般般高的三层楼房呢！工厂的烟囱像小树林子似的，全突突地冒着烟。那边还有一个飞机场，一架挨着一架停满了白晃晃的战斗机。我的家乡变得多美呀！（战士的梦是对祖国社会主义建设成果的赞叹和期待，表达了身在前线的志愿军战士们心系祖国的真挚感情。）我正在望着望着，忽听有人说：‘你在这儿尽望什么，快到你家啦，还不下车？！’我下车一看，送我参军的亲戚朋友们全来欢迎我了。我正想要背起背包走呢，一个亲戚说：‘傻孩子，你为什么不坐汽车走呢？’我说：‘我出来的时候，全是小道儿，大石头乱绊脚，怎么能走汽车？’亲戚说：‘这么难修的成渝路都修好了，难道公路还没有修吗？快上汽车吧，一直送到你大门口！’我乐得坐上一辆红油漆的大汽车刚要走呢，就听有人喊我：‘快上岗吧！’我睁眼一看，原来是我们班长……”——这是一个梦，应该说这不是一个梦，这是祖国正在前进的真正美景。我们的战士，就是在艰苦战斗以后的睡梦里，也在渴想着描画他们的祖国，他们的家乡现在的、未来的美景。

某天，当我沿着交通壕走向某连阵地的时候，听见前面一排洞子里，传出来一片沉重的锤声，跟那“杭唷（yō）”“杭唷”的呼喊。而且还听到有两个声音在一递一句喝唱着：

我给它加一块砖！

我给它加一块瓦！

我给它再加一个螺丝！

我给它再加一个烟囱！

我顺着这声音，走到一个洞里，只见有两个战士正在坚石上打眼儿。一个掌着钎子（在岩石上凿孔的工具，用六角、八角或圆形的钢棍制成，有的头上有刃，用压缩空气旋转的钎子当中是空的。钎，qiān），他的虎口被震裂了，裂纹里浸着血；另一个抡着铁锤，汗水湿透了衬衣，下巴上的汗珠扑扑地落到地上。为了节约灯油点起的松木“明子”，把他们的脸上、身上熏得乌黑。就是他们俩一递一句地低声喊着。

我说：“同志们，你们给什么地方加一块砖、一块瓦呀？”

“给毛泽东城！”

“毛泽东城？”

“是呀，”抡铁锤的战士收了铁锤，擦了擦汗说，“同志，你没听说吗，在我们祖国要修一座毛泽东城。这座城，把好几个城市连在一起，方圆好几百里！城里头的烟囱，要像这山上的树林似的。马路有八十多公尺宽，能并排走下四十辆汽车，比北京还大！”

“不，能并排走四十八辆汽车，这个城比你说的还大哩！”掌钎子的战士纠正地说。

拿铁锤的战士，用他那双充满光彩的眼睛望着我，继续说："同志，你说这座毛泽东城修起来该多好，它也许比一切城市都美！能给它放一块砖、添一块瓦多光荣啊！我们俩叮叮当当地打着，打着，高兴起来啦，就觉着自己是在那儿修毛泽东城一样。所以我们俩就吆吆喝喝地唱起来啦！"说过，小伙子把汗水湿透的衬衣一脱，两手一拧，拿到洞口迎风一抖，又穿起来，一边喊："伙计，干吧！"马上又举起了那柄八磅重的大铁锤……尽管，建筑毛泽东城只不过是战士们的传说和幻象，但是它却产生在对伟大领袖毛主席无限热爱和对祖国建设无比关切的感情中。祖国啊，你能告诉我吗，你的未来的道路究竟有多宽、多远、多美啊，你是以多大的魅力在吸引着人们！

每逢祖国新造的武器运到了朝鲜前线，更引起人们的欢喜和疼爱。某个年轻的师长，一听祖国造的无后坐力炮来到了，就马上喊参谋："快打电话，让他们先送一门来我看看。"炮，架在他的门口，人们很少看见他用这么轻柔的动作抚摩着那乌亮乌亮的炮身，像以前抚摩他的战马一样。他低着头，足足看了有好几分钟，才又亲手给它穿上炮衣，让人抬走。他还眼送着那门炮，自言自语地说："如果我的小玲子还活着，我发给他这门炮，有多少坦克敲不烂它！"人们告诉我，小玲子是跟了他好几年的通信员，如果活着，今年是十九岁了，是这里通信员里最小最逗人爱的一个。

五次战役当中，有一次，敌人的坦克快爬到师指挥所，警卫排布置开向坦克猛打，但机枪、步枪，所有的火力，都挡不住坦克的前进。小玲子急了，就提着两个手榴弹冲了上去，像小燕子似的，一下子就爬到了坦克顶上。他先朝履带上插手榴弹，手榴弹滚掉了，把他也炸伤了。他脸上流着血，又去揭坦克的盖子，想把手榴弹投进去，可是怎么也揭不开，把人们急得棉衣都叫汗湿透了。据师长后来告诉人，他那时候，看着他的小玲子，恨不得替他咬开盖子，让他把手榴弹投进去。……后来，盖子从里面打开了，伸出了一支手枪，对着小玲子的胸脯乓乓就是几枪，小玲子是胸脯上带着好几粒子弹硬把手榴弹填进去的，坦克炸毁了，可是小玲子也躺在了那辆坦克上。——我，我这才明白：今天祖国造的这么好的炮，是怎样地牵动了我们这位师长的感情。当我跟师长谈起这事，师长感叹地说："我今年三十多岁了，战争生活占了我年龄的一半。在这多年的战争里，我敢这样说，无论哪一个敌人，在勇敢上，在吃苦上，在接受作战经验上，都不能比得过我们、赶得上我们。美国鬼子更加差得多。可是我们却少一条，就是缺少现代化的装备。假若这样的一支军队，像小玲子这样的战士，加上充分的现代化装备，你不能想象它是多么的强大！有多少战士这样讲啊，他们说，不要说有超过敌人的装备，如果我们有跟敌人差不多的装备，我们就可以给他指定日子让他滚到大海里去。”他停了停，又继续说：“反过来说，不也是这样的吗！敌人所以还敢这样逞凶耍赖，难道不正是因为我们还没有强大的工业、充分的现代化装备，他觉得我们在这一点上还不如他吗？可是，现在祖国的建设是多么快，大规模的经济建设就要开始了。当我接到一门炮，即使一支手枪也好，我也觉得那么可爱，这不是一门炮、一支手枪，这是我们整个的祖国向着新的历史前进啊！”

隔了些日子，在一个晚上，我又去见我们的师长。在灯光下，他正支着腮微笑着，听参谋报告无后坐力炮初试锋芒的战果。这一天激烈的反坦克战，把敌人出动的三十多辆坦克，击毁了十八辆。参谋还兴奋地说，其中有一个炮手，他自己一个人就击毁了五辆。据连里报告，在这个战士刚准备开炮的时候，接连好几发坦克炮弹落在他的附近，就把他打得负了伤歪倒在战壕里。这时候，他手扶着无后坐力炮的脚架直起身子，又望着自己的炮，低声唤着也已负伤的伙伴：“这是祖国新造的一门炮呀，还没打住一辆坦克，我们就随随便便地下去？不能！这样，我们对不起那些工人同志们！”那五辆坦克，就是他这样带着伤，血顺着袖子流着，连绑扎也没有绑扎的时候接连击毁的。事后，指导员找他去填立功喜报，他说：“指导员，你不该先给我立功，你该先给他们立功！”指导员说：“你说的是给谁立功呢？”他说：“给谁？给造这门炮的工人老大哥！这门炮真好使，起码，这个功劳应该他占一半，我占一半。”过后，这个战士还一直打听这门炮是哪里造的，他想写信去感谢他。师长听到这里，不由得笑了起来，点着头说：“难道这炮是几个人造的吗？应该感谢祖国所有的工人老大哥们，将来，他们会把这些小老虎子，一个个都给插起翅膀来的！”

祖国的朋友们，祖国的父老们！从夏天到秋天，我在朝鲜战场上遇到的千万个战士，都让我转告你们：他们对您是多么地感激。临津江还没有解冻的时候，就送来了单衣，秋风刚刚吹起，又收到暖暖的冬装；白发苍苍的老妈妈含着热泪献出了多年的积蓄；刚会写信的孩子，一口一声志愿军叔叔；这是多么地叫人动心啊。而且，他们特别感激的是，你们在他们出国的两年间——只两年啊，把祖国，把他们的家园建设得这么美好。他们知道你们是辛苦的。他们知道你们在机器旁，在矿井里，在田野上，在森林中，在人烟稀少的荒山大岭，是多么的辛勤劳苦。因此，他们也知道，在你们的双手上展开的美景，是多么的可贵，他们知道需要用什么去保卫，值得用什么去保卫。他们还要我转告你们：他们对祖国再没有什么令人猜不到的要求，只是挂心着祖国的生产建设。如果你们相信你们的子弟是英勇的话，请你们放心吧，能用多大的力气就用多大的力气去建设吧，他们一定要把“三八线”上的地下长城守好。他们自豪地称自己是“‘三八线’上的哨兵”，他们要给祖国站岗，给朝鲜站岗，给亚洲站岗，给全世界站岗，直到圆满地完成这个哨兵的责任。而且他们还要不放松一分钟一秒钟的时间去逼敌人、挤敌人、折磨敌人，努力地把阵地推向前去。他们知道：多向前推一寸，战争和灾难就离祖国远一寸；多向前推一个山头，朝鲜人民就多一个可耕种的山头，多一个幸福的山头；“三八线”上的炮声，就离我们幸福的孩子、歌唱的机器、茂盛的庄稼更远。祖国的父老们，你们是这样热爱你们的孩子啊，假若你们愿意知道志愿军的声音、志愿军的心愿，这就是他们的声音、他们的心愿！

祖国，我们万无一失的领袖引导着的祖国啊，我们五万万颗爱国心燃烧着、沸腾着的祖国啊，你的大规模的经济建设就要开始了。你将一天比一天可爱，一刻比一刻可爱，没有人知道你究竟蕴藏着多大的力量，没有人知道你的前途究竟是多么美丽、广阔和辽远。为这样的祖国效忠，为这样英勇仗义高举国际主义旗帜的祖国效忠，是多么的愉快，多么的扬眉吐气，即使鲜血涂地也是多么的光荣啊。朋友们，祖国的朋友们，党中央的号召，在我们的耳边响着，战士们用鲜血和生命争取的时间，又是这么宝贵，在这伟大建设的信号发起的时候，你是怎样地去迎接我们祖国的新的历史任务呢？……两年来，从祖国到朝鲜，我看见一面是热火朝天的建设，一面是在炮火弥天中奋不顾身的战斗，好像两个齐头并进的战场一样。让这两个战场相互鼓励也相互比赛，共同地把我们的祖国推向前进吧：在朝鲜的儿女们，必将以不断的胜利，奉献给祖国的人民；祖国的人民，特别是工人同志们，也请你们用花园一样美丽的祖国，来迎接有一天早晨凯旋的战士们！

一九五二年十月于朝鲜西海岸

这里是今天的东方

导读

1950年10月的一个夜晚，刚满一岁的新中国目送志愿军战士跨过鸭绿江。三年后的这天，我们的祖国已经到了收获果实的时候，我们用实际行动让傲慢的侵略者颤抖着在停战协定上签了字。而此时的鸭绿江桥正默默地注视着、感受着这个最光荣的日子……

三年前今天的夜晚，迎着整个土地都在燃烧的陌生的战场，志愿军跨过了鸭绿江桥。

他们将会遇到些什么，他们将会做出些什么，他们做出来的事情，将会有何等深远的意义，这是不容易即刻就被人全部理解的。

然而，他们，这些腿上的泥土还没有洗净的农家孩子，这些衣服上满是油泥的普通工人，跟满身战伤、脸孔被战火熏黑的老战士夹在一起，跟已经四十岁还没有结婚的老指挥员夹在一起，背着他们的母亲赶着送来的一双布鞋，背着他们的步枪和手榴弹，带着破旧的电话机和刚刚发下来的朝鲜地图。才从大车上、犁耙上解下来的骡（luó）马，拉着过去缴获的老式山炮和野炮，跟在他们后面。是的，他们还背着一袋炒面。就是这样，他们踏上了将要决定东方人民命运的鸭绿江桥。

可是，他们在这个气势汹汹的头号帝国主义，这个兽中之王，跟他的一列帮凶们之前，他们会做出来一些什么呢？他们将以怎样的果实，呈献给祖国的父老和危急的朝鲜人民呢？他们将把天安门前飘起了一年的红旗，连同刚刚冒烟的工厂，连同刚刚把土地证领回家去的人们放置在什么境地？他们将对东方、对世界说些什么？而东方和世界又会怎样地去看待他们？

不能不使人担心。

全世界的朋友们，凝望着鸭绿江桥。我们国内的一些好心肠的老人，也在悄悄地慨叹着和劝阻着：

“我们的国家还太年轻。我们的创伤没有平复。我们的财政经济这样困难。只凭步枪跟手榴弹，能够顶得住这个最凶恶的敌人吗？”

当然，实情确是这样。一九五〇年的秋天，新中国刚满一岁。虽然这个秋天，跟我们祖国今年的秋天是一样的美丽，南方的橘子林跟北方的柿树林，照样升腾着旺盛的火焰，可是我们的国家，却是带着怎样的一身创伤与贫穷啊。荒废的工厂，高高的炼铁炉上刚刚砍去长着的小树；我们的农民兄弟，还有三万万以上的人口，没有来得及解决土地问题；为了节省国家开支，战士们放下还在发热的枪筒，拿起十字镐，走上了荒山野岭；另一部分解放军正在极其艰苦的进军西藏的中途；许多反革命残余、土匪，还在到处骚扰；有些人的心里，还隐伏着作为殖民地耻辱标记的崇美、恐美的暗流。只要稍稍回忆一下，在朝鲜人民遭遇最严重考验的时刻，我们的国家，不正是这样的吗？

是的，正是这样。难道从这样的国家里走出来的一支带着步枪和手榴弹的队伍，他们果真能够打退那个兽中之王跟他的那一列帮凶吗？

然而，他们在东方巨人的明亮无比的目光所照亮的道路上，勇敢地、坚决地、誓无反顾地踏上了鸭绿江桥。这是只有毛泽东和中国共产党才有的那种智慧和勇气所能够做出来的，也是像中国这样具有传统的革命气概和国际主义精神的人民所敢于去从事的，真真可以称得起是英明的、果敢的行动。正因为这样，在今天，我们每一个人，都会很清楚地从我们的身边看到：它给我们避免了什么和带来了什么，它给我们整个的祖国，给朝鲜人民，给东方，给世界避免了什么和带来了什么。

它给我们带来的，是多么不同的一切啊！

三年来的事实，是无须多说了。从傲慢的侵略者冲向鸭绿江的时候脸上堆着的笑容，到板门店的桌子旁边哈利逊歪着脑袋所吹的口哨，到最后，在一次丧失了十二万多人以后，他们在一个上午签了字的颤抖的手：这就是事情的进程和结果。我们和我们英雄的朝鲜兄弟一起，在世界革命人民的支持之下，就这样打败了他们，让他们在全世界的面前丢够了脸。在二十世纪，在东方，不，就是在我们的身边和刚刚过去的日子里，是发生了怎样一个新奇的、美妙的、你不相信也不行的神话啊！

我是多么想说一说，这段神话的创造和它对我们的意义。

我们究竟是依靠了什么能够越战越强，能够打得退、顶得住、战得胜这群恶兽呢？

这就要说到英雄的朝鲜人民了，这就要说到我们中国人民的爱子——志愿军英雄们了。是他们，怀揣着几个冻硬的山药蛋，站立在成吨的钢铁和弥天的烈火中，纵使剩下一个人，还擎（qíng）起石头不后退一步；是他们，在朝鲜的雪地上，迈着冻肿的双脚，一步一个血印，爬上了堆满炮火与冰雪的山岭；是他们，夜夜手扶舵盘，坦然地走遍了满是定时炸弹的朝鲜战场；是他们，挑着饭担子，在炮火封锁的道路上，伴着自己的笑容，每月要走一千里以上的路程。在危急的战斗中，一边打机关枪，一边高唱着战歌的是他们；在自己的战友全部阵亡时，抱起炸药包、爆破筒，毫不回头地扑向敌人的是他们；用年轻的胸膛，堵住敌人的射口，用自己负了重伤的肉体，俯在铁丝网上，让同志们从上面踏过去，去进攻敌人，而在临死时，口里默默念着“祖国”，念着伟大领袖的也是他们……是他们，啊，这是何等的英雄气概！正是这种英雄气概，敌人才把朝鲜的山岭唤作“伤心岭”！正是这种英雄气概，敌人才把朝鲜战场唤作“无底洞”！正是这种英雄气概，才使我们年轻的新中国经得起这个无情的考验，并且给我们夺取了我们面前可以看到的一切。

我曾两次到过朝鲜。当我面对着他们的时候，我曾默默地落过几滴眼泪。这是什么泪？这是一个中国人的生命凝结成的感叹。我感叹英勇的朝鲜人民，她是可爱的人民、顽强的人民，放到她肩上一千斤她也是那样，放到她肩上一万斤她也是那样的出色的人民。我也感叹我们自己的人民，她又是怎样的一种人民啊！就拿黄继光来说吧，他不过是中国茅屋里的一个普通的青年，当他的生命放射出震撼人心的火光的时候，他不过才二十一岁，离他参军的时间不到两年，离他入团的时候不到一年，他怎么有这样伟大的气概，这样叫人感泣的胸怀！千千万万的黄继光们，他们是把我们劳动人民的这种气概，这种品质，集中地发挥到怎样的高度！这是你仰起头来都不能看到的高度啊！这是我们这个世界上最古老的民族，历经深重的苦难不曾灭亡的证据！这也是中国人民注定必然要对世界有所贡献，必然要走向幸福道路的证据！不也是由于这种精神，使得我们的国内似乎是在一个晚上就改变了她的面貌吗？我们的祖国，当她开始挑起这副战争重担的时候，似乎看来是力不胜任的；何况她所挑的还不只是一副重担，而是战争与恢复的两副重担。但她在宽广的大路上，昂首阔步，走得是那样的好，那样地叫人感到喜悦和惊奇。谁能告诉我，我们的人民究竟是潜藏着多么大、多么深厚的精力呢？像万年的荒野下深深埋藏着的亿万年的矿藏，自从毛泽东的巨手掘开了压着她的地层之后，她所燃烧起来的冲天的力量，连我们自己都有些不认识她了，连我们自己都感到惊奇，像一个巨人对着自己的影子一样。没有人会知道，她还要对全人类做出些什么，打击侵略者，支持人类进步事业的抗美援朝战争，不过是她开始的一件罢了。

人们永远不会忘记：当第一面五星红旗迎风展开，从天安门前飘飘升起的时候，我们的伟大领袖向全世界所宣告的那一句话，那一句使中国人听来不能不热血沸腾的话："中国人民从此站立起来了。"是的，站立起来了！灾难深重的人民站立起来了！在这次铁和火的考验中，向全世界显示了，站立起来的中国人民，是怎样的人民；显示了，站立起来的中国人民，是怎样对待落在她肩上的历史责任，用什么态度，用什么气概去完成她的历史责任！抗美援朝战争的胜利，使得我们有权利这样说："老爷们！这里是今天的东方！"志愿军的每一个战士，你有权利这样说；黄继光的母亲，罗盛教的父亲，祖国千千万万的父老们，在棉纺机旁的郝建秀和所有的工人同志们，你们每一个人都有权利这样说："这里，是今天的东方！"

三年以来的朝鲜战场，中朝部队歼灭了一百万以上的敌军。但任何数字，都不能概括这个胜利和志愿军这个巨大的英雄行为的意义。这种意义所展示的方面，有的我们可以看到，有的却藏在南洋海岛上的渔人们的心里，藏在广岛的农夫的心里，藏在我们难以看到的东方和西方，只有等到某一天，我们才能够看出这个战斗所发射出来的火花。但是，仅对我们自己来说，志愿军的英雄行为，对我们的人民是提出了怎样一种崭新的道德面貌、一种行动的规范和一种前进的动力啊！当我们用这种志愿军式的英雄气概，去生活，去工作，去学习，去做一切似乎是不可能做到的事情，去从事伟大的祖国建设的时候，可以设想，它的攻无不克的力量，是会多么迅速地把我们的祖国推向幸福的前程啊！

秋天的鸭绿江水，正在孩子们的钓鱼竿下，安静地向大海里流去。（借助安静流淌的鸭绿江水，衬托抗美援朝胜利后的安定的生活，呼应三年前志愿军跨过鸭绿江的日子。）鸭绿江桥正默默地度着这个最光荣的日子。今天，人民的激越的脚步声，又盖上了另一座桥，通到社会主义社会的大桥。这座桥，更宽、更远，它更深刻地联系着我们伟大人民幸福的未来。这不是一座普通的桥，这是一座金桥、银桥。这仍然是我们亲爱的领袖，用他百战百胜的手，指给我们的胜利的桥。

朋友们！我们的先烈和抗美援朝的英雄们，他们为了这个神圣美丽的理想所洒下的鲜血已经不少了。这座桥，现在就在我们的脚下，只要我们多流一滴汗，我们就靠近它一步。我们有这样伟大的党、这样伟大的领袖、这样伟大的人民，什么看来是不可能的事情，我们都是会做出来的。朋友们，紧紧掌握党的总路线，用志愿军式的英雄气概跨过这座桥吧。一个站了起来的中国人，应该这样，也必须这样。不会有一个诚实的革命战士，如果是真正诚实的话，他愿意空着手走到社会主义。

一九五三年十月二十五日

勇士镇守在东方

导读

胜利的歌声激昂嘹亮，在这胜利背后，还有一支与我们同过生死的友军——朝鲜人民军。他们夏天只有一套军衣，无法洗换；每月领到的津贴，只够买一盒火柴；有三分之一甚至一半人的家属，遭到了敌人的残害。但他们从不多谈困难，在战斗的时候，哪怕面前布满地雷，他们也要冲到最前面去……

一

提起朝鲜人民军，就在我们心里唤起一种深深的感情。这是因为我们是蹲过一条战壕的同过生死的战友。虽然朝鲜战争的风暴已经停息下来，但我们之间的战友情谊，却同朝鲜战场上无边的风雪、漫天的火光交织在一起，而使我们终生难忘。

朝鲜人民军诞生了十个年头。十年的时间不算很长，但它却经历了一场很大的战争。这是一场严厉的考验。在这场考验里，这支军队不但没有被削弱，而且经受了伟大的锻炼，成为战斗力很强的一支军队，对世界和平做出了伟大的贡献。我们可以骄傲地说，我们的战友——朝鲜人民军，是镇守东方的勇士！

一九五二年秋季，我曾到守卫延安半岛的一支人民军部队里进行过访问，给我留下许多难忘的印象。我深深感觉到人民军是一支觉悟很高的部队。那时候，他们的生活十分艰苦。战士每月领到的津贴，只够买一盒火柴。夏天只有一套军衣，无法洗换，只有跑到僻静的河边洗好晒干，才穿着回来。就在这种情况下，我看到他们保持着高度的乐观精神，军营里飘着歌声。当我同他们谈起这些困难的时候，他们都不愿意多谈。他们说："我们的苦是很多的，可是我们了解自己国家的情况。"

人民军的干部同战士，对美帝国主义、对李承晚（1875—1965，早年从事反日独立运动，曾任韩国临时政府总统。后长期居住美国。1945年随美军返朝鲜半岛南部。1948年8月，大韩民国成立后任总统）都有着刻骨的仇恨。他们之中有三分之一甚至有一半人的家属，遭到了敌人的残害。还有些战士的家庭，一口人也没有剩下。一个战士对我说："朝鲜人并不是不掉眼泪，可是炸死的太多了，人的泪也就被仇恨的火烧干了。我们做工作的时候，什么也不想，一到过年过节，或是看到老年人，就想起自己被杀的父母来了……”说到这里，他愤恨地说：“敌人一定得彻底消灭！”这些战士最挂心的就是渴望战斗，哪怕面前布满地雷，也要冲到最前面去。这就可以了解到，为什么美国强盗把朝鲜的山岭唤作“伤心岭”，因为在朝鲜千千万万座山岭上，都立着这些一无所惧的复仇的战神！

在这支部队附近，住着志愿军的一个侦察排。有一天，我同这伙子活泼的侦察兵谈起了对人民军的印象。他们跟人民军接触得比较多，一谈起来，那种兴奋的乐呵呵的样子，我现在还能够记得。有人谈到，和人民军的同志见面，他们总是说你“顶好”“辛苦啦”，亲热得很；有人谈到，晚上宿营没有房子，人民军就睡在外面，把房子腾出来给他们住；有人谈到，和人民军住在一起，常常半夜醒来，发觉身上盖上了人民军的蚊帐；有人谈到，他们没有菜吃，人民军的同志往往奔走半天，找到几条咸鱼给他们吃。还有一个战士谈到，一次他们迷失了道路，找到人民军的侦察队。那里有一个执行了一昼夜任务的朝鲜侦察兵刚刚睡下，又不忍心把他叫醒。后来还是把他叫醒了，他还埋怨说：“为什么不早把我喊起来呢！”我同这些侦察兵们整整谈了半天，我深深体会到这两支军队兄弟般的感情，也认识到朝鲜人民军是一支国际主义教养很好的军队。

朝鲜人民军的同志们！我的这篇短文，是很难概括尽你们这支军队的优美素质，也很难描写尽中国人民、中国军队对你们的感情的。我只是向你们寄上一片诚挚的祝贺。我想说，我们十分幸运有你们这样亲密的战友、英雄的战友。你们已经对世界和平和人类的进步事业做出了伟大的贡献，今后还会做出更大的贡献。你们的责任很重。我们希望你们更加强大。让美帝国主义和李承晚这帮丑类瞧瞧吧，让他们去轻举妄动吧，看我们的勇士镇守在东方……

一九五八年二月七日

成长启示

朝鲜人民军虽然处在极艰苦的条件下，但他们不多谈苦难，无论在生活还是战斗方面，都能够保持内心最朴素的情感，积极前进，这种发自内心的强大驱动力令人惊叹。不论做什么事情，外部环境如何变化，如果能够一直坚定内心，不改初衷，那么我们就能不断地迎难而上，勇往直前，从而取得更大的进步。

要点思考

1. 文章从哪几个方面描述了朝鲜人民军的特点？
2. 为什么美军把朝鲜的山岭唤作“伤心岭”？

写在凯歌声里

导读

从烽烟告急到云散天开，随着朝鲜局势的逐渐稳定，志愿军战士们终于可以返回家园，而他们也将继续投入另外一个“战场”……

志愿军回来了。让我们来给你洗一洗战尘吧，同志们。从一九五〇年烽烟告急的秋季，到现在已经七年了。在这七年里，你们朝朝夕夕都在怀念着自己的祖国；就是在战壕里，在向敌人冲锋陷阵的时候，只要提起她的名字，你们就涌起了奋不顾身的力量。同志们，好好看看久违的祖国吧，今天，你们已经回到了她的身边。

你们回来了。你们是迎着朝鲜战场上的漫天大火，慷慨（充满正气，情绪激昂）而去，今天是云散天开，凯歌还乡。同志们，你们披着风尘，也披着不朽的光荣。是你们，同朝鲜人民在一起，用英雄的臂膀击退了敌人，使我们年轻的祖国，经受住了严酷的考验；使无家可归的朝鲜老人和孤儿，又重度和平的生活。同志们，我们国家里无数新起的工厂，无数明镜般的水库，都有你们的一份功劳；在朝鲜，在填平的弹坑上，新长起的庄稼和花草，都充满对你们的感激。

你们回来了。你们走过了多么艰苦的路程！祖国人民将永远不会忘记：你们用雪水拌炒面的日子，用石头跟敌人厮拼的日子，在成吨的炸弹嘶啸中，你们高喊着口号，把敌人打得头破血流的日子。同志们！这一切都将载入史册，永远激励我们的后代。我们民族的血管里，将百代不衰地奔腾着你们的精神！

你们回来了。让我们永远记住长眠在那里的战友吧。没有他们的慷慨献身，就不会有今天的一切。他们已经不能再回到自己故乡了，但他们的精神，却筑成了一座国际主义的高塔。这座高塔光芒四射地照亮了世界人民大团结的道路，这种大团结，将把一切帝国主义及其走狗彻底埋葬！

你们回来了。让我们永远记住并肩作战的朝鲜人民吧。在你们离开祖国的七年中，我知道你们时时都在系念着祖国的一切，可是当你们要离开那里的人民，你们又是那么依恋。临走你们收起了一把朝鲜的土，又撒种上满山的马尾松。你们对爱护你们、支援你们的朝鲜父老是怀着何等的深情啊！同志们！认真学习朝鲜人民的好品质，也永远珍视我们两国人民的友谊吧，只有人民的友谊，才是我们最可靠的长城！

你们回来了。你们由牧童变成了坚强的战士，你们由普通的庄稼汉，变成了我们祖国的英雄和功臣。同志们！是谁领导我们取得了震撼世界的胜利？是谁鼓舞着我们以低劣的武器战胜了强大的敌人？是党。凯歌声里，让我们齐声歌唱伟大的党！

你们回来了。同志们！你们不是疲劳的兵士走到了宿营地，你们是精力充沛的战士，从一个战场开到了另一个战场——社会主义革命的战场、社会主义建设的战场。在你们的面前，你们马上可以看到这个大战场动人的场景。这种场景，很快就会唤起你们新的献身的渴望。同志们，投到这个新的战场上来吧，凭你们的英雄气概，你们一定可以克服新的困难，创立新的功勋！

同志们！你们回来了。我们祖国优秀的儿女，全国人民最可爱的人，你们回来了。全国人民都在欢迎你。你的新老战友也在欢迎你。人们用来欢迎你的，不只是鲜花与欢呼，还有千百座新的工厂、新的楼房、新的街道、新的市区，以及繁星一样布满祖国的兴旺的农业合作社和他们纵横交织的水渠。这就是祖国人民用双手给你们编织起来的凯旋门！

一九五八年三月十六日

依依惜别的深情

导读

回国的日子即将来临，战士们用一双结着硬茧的手将营房刷了一遍又一遍，为当地的父老们架起一座座石桥和板桥、挖下一口口水井……朝鲜父老们也纷纷为战士们准备着赠礼。直到行李装上了汽车，大车套上了骡马，一场难分难舍的告别开始了……

我在凯歌声里来到了朝鲜。我又看到了这里的人民，这里的山水。多明丽的秋天哪，这里，再也不是焦土和灰烬，这是千万座山冈都披着红毯的旺盛的国土。那满身嵌（qiàn）着弹皮的红松，仍然活着，傲立在高高的山岩上，山谷中汽笛欢腾，白鹭在稻田里缓缓飞翔。在那山径上，碧水边，姑娘们飘着彩色长裙，顶着竹篮、水罐，走回开满波斯菊的家园。看到这种种情景，回想起朝鲜人民的遭遇，真叫人说不尽的激动，说不尽的欢欣！（在作者诗意的笔触中，我们能发现朝鲜已经走出战争带来的创伤，呈现出一派欣欣向荣的景象。）

可是，在这些日子，在志愿军就要跟他们分手的日子，深深的离情却牵着他们的心。他们可以承担一场浩大的战争，可以承担重建家园的种种艰辛，可是却承担不了如此沉重的离情。志愿军也是这样。他们在远离祖国的八年中，时时想着祖国，念着祖国，可是，当他们一旦要离开这结下生死之谊的人民，却是无限地依恋。

用什么来表达自己的心意呢，战士们又有什么呢，他们只有一双结着硬茧的手、一颗赤诚的心。在这离别以前的有限时刻里，我看见他们在日夜辛忙。人民军的战友们就要接防来了，他们把营房刷了一遍又一遍，就是墙上溅了几个泥点儿，也要重新刷过，就是一把水壶，也要把它擦亮。（即将离开的志愿军战士在与人民军交接之前，把营房仔仔细细地打扫干净，体现了志愿军战士的细心和对人民军战友的心意。）为了美化营地，他们简直成了传说中炼石补天的女神。他们从东山爬到西山，从北岭奔到南河，采来了红石、白石、黄石、绿石，还挖来了苔藓的青茸，给每座房舍的四围都镶了花边，给每座院心都修了花坛，说是花坛，实在是一幅幅绣在地上的彩画。这里有龙、凤、狮、虎，有白兔、彩蝶，有水中青莲，有雪地红梅，还有白云缭绕的天安门和牡丹峰。如果你走近细看，就更会看出战士们的苦心：他们是用手电泡涂了红漆，做成小白兔的眼睛；把瓶口切下来，镶上花瓷碗片，做成了蝴蝶翅上的花点儿；就是在那漱口池里，也砌了红日、雄鸡和“早晨好”的祝词。（美化后的营地中，每一处细节都表现出志愿军战士们的良苦用心。）正像战士诗里说的“园地道路作锦绸，摆花好似坐绣楼”，这里的一花一叶，都渗透着战士们的汗水和深情！

此外，战士们还把最心爱的东西，留赠给人民军的战友，在每一座礼品室里，都袒（tǎn）出了他们的一颗颗红心。就是我这在部队多年的人，也从没有赏识过战士们这么多的机密。这些赠品，都是他们从来不舍得用，从来不拿给人看，一直藏在小包袱的最里层的，都是包藏多年，跟他们跋山涉水，在水里火里就是牺牲生命也不肯丢的。这次，为了将要离开的这块国土，为了最珍贵的友谊，他们的机密泄露了。（这些“机密”是志愿军战士们最珍贵的东西，如今，他们把这些“机密”作为礼物留赠给人民军战友，足以体现出中朝军人深厚的革命友谊。）这里有爱人分手时连夜做成的手帕，有一参军就背着的绣花袜底，有家传几代的瓷碗，有姐妹的绣花荷包，有洞房花烛之夜的合欢杯，还有未婚妻用红毛线织成的腰带。这些爱物，就是他们本人，也只是在没人的时候，才取出来看一下，接着又匆匆藏起，可是，今天他们拿出来了，而且用红纸题了诗句，摆在这里。有一双做得异常精美的绣花袜底，上面附着一首这样的诗：

妻子做袜千针线，临别赠我在江边。
爱情绵绵如江水，永远常流水不断。
此袜爱在我心间，藏在包内整四年。
转送战友表心意，两心相盼永相连。

这些动人心弦的赠礼，使得另一些战士们难熬了。战士胡明富等三个同志，决定亲手做绣花手绢给人民军。他们没有布，就扯了包袱皮，又找来颜料，染了几束彩线，染的时候还放了碱，让它永不褪色。杀敌勇士就这样拿起了绣花针，变成了绣花姑娘。绣啊，绣啊，两条绣花手绢终于绣成了。他们还题了下面的诗：

粗手绣花夜更深，绣了一针又一针。
针针线线心相印，中朝友谊比海深。

在这有限的时刻里，战士们还多方寻思着，为当地的父老们尽一点力。他们思虑着：哪些溪涧在山洪到来时不好通过，就架起一座座石桥和板桥；哪些人家离河太远，就在散居的村舍边，挖下一口口水井；哪些水井靠近大路，又在水井上加了井盖。他们还挨家挨户去看，看谁家的房子漏雨，就苫（shàn，用席、布等遮盖）上新草；谁家的灶台裂了缝，用灰泥把它抹好。他们还拾来美国的炸弹片，生起炉火，打成了镰刀，割下山藤编成筐篮，按照朝鲜式样做成活腿的小圆桌，然后把它分赠给朝鲜的阿爸基和阿妈妮。另一些心灵手巧的战士们，他们还为孩子们制作了小手枪、万花筒和滑冰用的小冰车；为年迈的老人雕制了龙头拐杖。（志愿军战士不仅关注朝鲜人民的一般需求，还考虑到老人和孩子的特殊需要，足见用心之细致。）当这些饱经沧桑的老人把拐杖接到手里，他们昏花的老眼涌出泪水，他们感慨活过了几个时代，从来没有见过这样的军队，这制作万花筒和龙头拐杖的军队！他们称颂着，中国共产党和毛主席教导得好，这些中国孩子的心，简直是金子一般的心，银子一般的心，水晶石一般晶莹玲珑的心！

在阳德郡日岩里，我看见战士们正急急忙忙赶修着一座朝鲜式样的房子。原来村里有一个驼背的孤苦的妇人，带着四个孩子，十年来没有一间住房，在这儿那儿借居着。这房子就是为她修的。战士们怀着深切的爱，把廊柱染成红的，还在飞檐下绘了鸟虫花卉，绘了两国人民并肩作战的彩画。直到出发前一天，他们才把房子刚刚烘干，用白纸裱好。搬家时热闹非常。

部队出动了好几十名战士，有人端锅碗，有人抱坛罐，有人扛木头，有人背草袋，有人赶小猪，小猪吱吱叫着，锣鼓敲着，排成了一长队，热热闹闹，把这一家送进新居。（几十名战士出动，锣鼓喧天，渲染出搬家时候的热烈氛围。战争虽然结束了，我们的志愿军战士对朝鲜人民的关爱依然在延续。）接着，战士们手拉手，围着房子，围着这位朝鲜妈妈跳起舞来，朝鲜妈妈伏在战士肩上，倾流着自己的眼泪。这时候，她的老母亲也从阳德赶来了。这位头发斑白的老人，斟满一杯酒，捧到政委的唇边，说昨天晚上她做了一个梦。她说她梦见一条天龙从天上下来了。这条天龙在空中悠悠冉冉，消失了，就听见一派乐声。乐声里，从四面八方拥来了不知道多少志愿军，向她的女儿走来，围着她的女儿跳舞，就像今天战士们围着她女儿跳舞的情景一样。她说，在梦境里，她的女儿用双手提起了裙子，志愿军就争着向她的怀里投着鲜花。那些花朵，看来很轻，可是一落下来，每一朵都沉甸甸的，把裙子都坠沉下来。……深情的人民啊，你对我们的军队作了多么美丽的歌颂！可以想见，人们要离开这样的一支军队，怎么会不深深地依恋！

可是，志愿军的行期，仍然是一天天地迫近了。朝鲜父老们，他们白天做活也安不下心去，夜里也不能安静睡眠。他们再三探问志愿军的行期，唯恐人们悄悄离开，一听见汽车声响，就要推开门窗来，张望一回。如果哪个战士到了他们家里，阿妈妮们就会端出一铜碗一铜碗的栗子，再不就从鸡窝里慌忙地抓出发热的鸡蛋，拿来敬客。他们还把熟识的战士请到家里，杀鸡，买酒，眼看着你吃到肚里，仿佛才能宽舒一下他们的离情。温井里有二十二个老妈妈，她们集了钱，准备酒食，请了几十个战士去谈心，这一夜，她们向中国孩子们倾吐了自己的感情。有的说，你们走了，就像我掉了一扇膀子；有的说，你们走了，就像是吃饭时缺少了盐；有的说，要是背得动，妈妈要把你们背着送过鸭绿江！她们带着泪，把头上的银簪（zān）拔下来，把戴了几十年的结婚戒指取下来，把传留几代的跳舞时带在身上的小铜铃拿出来，塞向战士的怀里，戴在战士的手指上。她们还把菜一口一口夹到战士们的嘴里，有的人含着热泪咽下去了，有的人背过身去，把阿妈妮喂到嘴里的栗子又悄悄吐出来，用纸包好，小心地放在衣袋里，作为对朝鲜母亲终生不忘的纪念。战士们激动地说：“如果美帝敢再动手，就是我活到八十岁，胡子三尺长，我也要带着儿孙们来抗美援朝！”（志愿军即将回国，朝鲜父老们纷纷用自己的方式表达着内心的感激和不舍，感情真切而动人，生动地写出了军民间的鱼水之情。）

朝鲜人民的深情厚谊，就是这样叫人终生难忘。温井里有一个瞎老妈妈，自她的女儿被日本人抢走，她的一双眼睛，就被那年年月月的泪水沤（òu，长时间地浸泡，使起变化）瞎了。当二十几个战士去向她告别的时候，老妈妈动情地说："你们在这儿住了几年，我也没看见过你们的模样儿。你们帮我修好了房子，我也看不见修房子的是谁。天哪，要是叫我的眼睛睁开，看你们一眼，就是立刻死了我也甘心！"（老妈妈的话情深意切，体现出对志愿军战士的感激之情。）她拍拍自己的心，又摸摸战士们的胸口，"孩子，我看不见你们，让我摸摸你们吧！"说过，她把二十几个战士，从头到脚都摸了一遍。

在这惜别时刻，简直无一处不是友谊的诗、感人的诗。人们编成许多诗歌来赞颂这珍奇的友谊。在古阳德的枫林柴门中，住着一位满头白发的无名诗翁。我去访问了他。谈到志愿军的撤离，老人异常惋惜地叹了口气，拔笔写下几个汉字："完似股肱（大腿和胳膊，比喻左右辅助得力的人。肱，gōng），人民全部之言。"老人还递给我五六个自糊的白纸信封，信封上都写着："平安南道阳德郡东阳里七十八岁翁朴仁俊谨奉"的字样，打开来，都是赠给志愿军的送行诗章。其中有一首是：

还乡千里路，雁叫三月秋。

两国兄弟谊，苍江不尽流。

还有一首：

夜霜红深千林树，可作明朝欢送情。

戴白头髫车下满，连呼万岁动山城。

在这惜别时刻里，朝鲜人民对牺牲在这块国土上的中国人民志愿军烈士们尤其怀有深深的感情。

在修建东阳里九龙江桥的时候，流送的木头常常被石头堵住，为了排除阻塞，年轻的蔡定琪，奋身跳进急流，不幸被卷进漩涡而牺牲了。这也许是志愿军牺牲在朝鲜的最后一人。牺牲后，就葬埋在志愿军的烈士陵园。可是，东阳里的人民，坚持要把他葬在东阳里，并且选择一块最好的向阳墓地，按朝鲜仪式重新安葬。深情的人民啊，他们要东阳里的男女老幼，抬起头就能望见蔡定琪的坟墓，也让蔡定琪，能够望见他所献身的九龙江桥。（志愿军战士蔡定琪的墓地位置体现了中朝两国军民之间的情谊，深远而绵长。）志愿军答应了这个请求。移葬那天，东阳里的男男女女都参加了葬仪。下葬前本来是极好的天气，可是在下葬时，忽然间送来了一片乌云，下了一阵大雨，这时候，在墓地上空，现出了一弯美丽非凡的彩虹。下葬完了，彩虹又渐渐隐没。事后，在东阳里居民中，流传着一段神话式的解说，说这是中朝友谊感动了天地，所以才出现了这样美丽的彩虹。

离别的日子，终于不顾人们深重的离情来临了。行李装上了汽车。大车套上了骡马。大炮着好了炮衣。营门上已经换上了人民军的哨兵。战士们最后一次扫净了院子，挑满了水缸，拍一拍身上的尘土，打好了行囊。

这一夜，有多少朝鲜人家没有合眼，有多少人家午夜三点就亮起了灯，他们再一次整理好花束，把礼物放进竹篮，坐等着集合号就要响起的拂晓。拂晓，这是深秋的拂晓啊，可是人们已经走出来了，穿着单薄的衣裳走出来了。老人们戴着高高的乌纱帽。妇女们顶着竹篮，背着孩子。人们都拿着枫叶。就是背上的孩子，小手里也拿着枫叶。他们站在大路边，站在寒气袭人的晓风中。(离别的日子到来了，朝鲜人民早早走出家门，默默站在路旁，等待着志愿军战士，为下文的离别场面蓄势。)

部队集合了。妇女们打开竹篮，分赠着礼物。孩子们爬上大炮，把红叶插上炮口。小吉普也被无数的彩纸条和成串的纸花缠成了花车。阿妈妮们，孩子们，姑娘们，她们做这些事情的时候，统统没有哭。昨天晚上，战士们就告诉他们说不要哭。里（村）干部们也告诉说，为了不使志愿军难过，让他们不要哭。他们很听话，他们真的制止住了，在做这些事情的时候，统统没有哭。

出发号响起了。战士们背起背包，挎上了枪，走向夹道欢送的人群。“万岁”声响起来了，火红的枫叶举起来了，孩子们奋力地撒着纸屑的花雨，欢呼着：

“荣光—伊斯达！”（朝鲜话，“光荣啊！”）“荣光—伊斯达！”志愿军的脚步移动了，人们的眼睛潮湿了，但谁也忍着，竭力喊着口号，仍然没有哭。

可是，当战士们握着老妈妈的手，叫了一声：“阿妈妮，再见！”不知道是哪个老妈妈忍不住了，捧着战士的手，第一个哭出了声。接着是姑娘们、孩子们哭出声来，然后是那些男人们无声的眼泪，低低的啜泣。这时候，战士们简直是在朝鲜人民送行的泪雨中行进，这不是哪一个人在哭，这是全朝鲜人民在捧着赤心送着他们至亲至爱的友人！（随着出发的号角响起，离别的情绪到达高潮，此时泪雨融合了每个人历经战争以来的思绪和情感，表达了朝鲜人民对志愿军战士的感激和不舍。）

我的一滴泪，也止不住滴在这千行泪雨中。啊，亲爱的、可敬的朝鲜人民！在纷飞的战火中，你是那样刚强！敌人把你的城镇变成了废墟，你没有哭；敌人把你的家园烧成了灰，你没有哭；敌人杀死了你的亲人，你没有哭；敌人把你绑在大树上，烧你，烤你，你没有哭；你真是一把拉不断的硬弓，一座烧不毁的金刚！可是今天，当你的战友——中国战士们要离开你的时候，你却倾洒了这样多的眼泪！（对比的手法，突出体现了朝鲜人民在志愿军战士离开时所表现出的深情，也表现出朝鲜人民的重情重义。）仿佛要把你们每个人一生一世的眼泪，都倾洒在今天！你是多么刚强而又多情多义的人民！

请收起眼泪吧，亲爱的、可敬的人民！你的泪是这样倾流不止，已经洒湿了你们的国土。我知道，你是为中国战士的鲜血而痛惜，为中国战士的一点点工作而感怀。你今天的泪，是对中国战士的最崇高的评价，是给予中国战士的无上的光荣！我知道，这泪雨中的每一滴，都不是普通的眼泪，一颗，一颗，都是万金难买的友谊的珍珠！

在这送行的泪雨中，中国战士们也个个垂泪，一小时已经过去了，还没有走出二里路。这时候，在送行人的行列里，不知是谁喊了一声：“不要哭了，替他们背背包啊！”人们才像忽然醒转过来，擦擦泪，去夺战士们的背包。小孩子也把背包抢过去背在肩上，妇女们把夺过的背包，高高顶在头上，飘行在战士的身边。这时的队伍，已经不分行列，不分军民，不分男女，错错落落，五光十色，互相搀着扶着，边说边走。这是什么队伍啊！也许这不像队伍吧，可是这确是世界上最强有力的队伍，这是心连着心、肩并着肩的友谊的巨流！这支巨流，行进着，行进着，越过了一道道水，一道道山，他们行进在枫林烧红的山野，行进在社会主义的东方……（这是一支走向和平的队伍，他们行进的身姿令人难忘，下一刻他们将走到社会主义的建设中去，一直向前。）

一九五八年十一月七日晚

成长启示

战争结束了，志愿军战士们对朝鲜人民的关爱没有结束，他们抓紧离开前的最后一点儿时间，想方设法帮助朝鲜人民做一些事情。正是因为战士们对朝鲜人民的真诚帮助，朝鲜人民心里也惦念着战士们。常说“授人玫瑰，手有余香”，唯有真心可换真意，真诚地帮助别人，给予他人关爱和温暖的同时，我们也会收获内心的满足和愉快。

要点思考

1. 文章中，作者为什么说朝鲜人民的眼泪是“万金难买的友谊的珍珠”？

2. 想象一下，如果你是志愿军战士，看到朝鲜人民送别的场景，你心里会想些什么？

辉煌的纪念碑

导读

本书的第二部分收录了作者在多年之后，对抗美援朝这段历史及相关人物的回顾文章，我们将看到在和平年代，这些战场上的英雄如何继续自己的事业——为祖国和人民服务。抗美援朝是一座跨越历史的丰碑，是我们不可忘记的历史，从这段历史之中，和平年代的我们能够得到怎样的启发和思考？这场战争的意义何在？我们应该如何看待这场战争？作者将在这里给出答案。

风雨路上

——记戴笃伯

导读

抗美援朝战争已经结束，曾经奋战在前线的志愿军战士戴笃伯，因在战场上受了重伤，右眼被摘除换成假眼，左眼经过治疗，只恢复到零点零一的视力，身上和头部还有没被取出的八块弹片。在这样的身体状况下，戴笃伯依然在建设祖国的“战场”取得了不凡的“战果”。

在全国财贸会议的前夕，我又见到了戴笃伯同志。他作为这条战线的代表之一，来参加这次空前的盛会了。

他住在北京一家普通的旅馆里。我在一个晚上去看望他。天气有些闷热，他穿着白衬衣和一条褪了色的绿军裤，站起来热情地迎接我。在灯光下，我看见他，戴着一副黑框眼镜，脸上现出微笑。他的个子很魁伟，略微有些发胖，看去，仍然很壮实。屈指算来，他今年已经四十八岁了，但那额上的黑发还是齐崭崭的，真是“踏遍青山人未老”啊。

我们坐下来，话匣子很快就打开了。我们谈到朝鲜战争的年月，也谈到回国以后的经历。他谈到激动处，也许有泪水涌出的缘故，就摘下那副一千度的眼镜，从右眼里取出人造眼球，用手帕擦一擦，又重新放到眼眶里。而我则沉入深深的感动中，因为我的这位老朋友，在不断革命的征途中，又留下一长串闪光的脚印！

他温和、安详、谦逊、纯朴，毫无虚狂之气；就是发出笑声，也不那么响亮。只从表面上看，你可看不出他是那么刚强的人物。

在我们谈话中间，霍地一阵狂风把窗户吹开，粗大的雨点洒到我的笔记本上，原来外面已经电闪雷鸣，下起暴雨来。我把窗子关上，耀眼的闪电仍然不断地射到屋里，好像炮火的闪光一般。它使我不禁想起二十八年前的朝鲜战场。那时戴笃伯才刚刚二十岁，还是一个青年团员。作为一个入伍不久的知识青年，第一次战斗就那么勇敢，这是很可贵的。可是严峻的斗争，好像故意考验这个青年人似的，在一九五二年十月的一次反击战中，他就负了重伤，成了一个双目失明的人。出了医院，他被安置在荣誉军人学校。这对戴笃伯的革命生涯，很可能成为一个终点。如果他就此安于这种平静的生活，那是不会有人责怪他的。但是，当他想到伟大的社会主义革命和建设才刚刚开始，一个共产党员，年纪轻轻，怎么能心安理得地躺在这里休养呢？这样，经过他一再申请，组织上才批准他回到家乡湖南汉寿县搞商业工作。至于究竟行不行，先“试验”三个月再说。因为这时，他的一只右眼被摘除，换成了假眼，左眼经过治疗，只恢复到零点零一的视力，身上和头部还有没被取出的八块弹片。正是从这时起，戴笃伯革命生涯的终点又变成了新的起点。

不要说一个重残人，就是一个健康人，刚转业到地方，工作生疏，困难也是很多的。不久，他那零点零一的视力也消失了，眼前只有一点点模糊的光感。有一次他出去汇报工作，经过一条小巷时，竟掉到了水井里。幸而水井不深，他穿着湿淋淋的棉衣又攀了上来，但是他并未因为种种困难而灰心。除了工作，他还孜孜不倦地学习毛主席著作，自己不能看，就用结交学习朋友的办法给自己读。学了就身体力行。他见同志们忙不过来，就帮助他们到井上挑水。谁知水桶放到井里就离开了挽篙（gāo），钩也钩不着，很着急，后来他就想出了办法，把桶用绳子系在挽篙上。尽管他挑上百把斤重的担子，一脚高，一脚低，上台阶，过门槛，显得很吃力，腰上腿上的旧伤隐隐作痛，但他的脸上却是笑眯眯的。别人说："你少做点儿事，哪个能说不应该？"他却说："那不行！多做点儿事，我心里倒觉得好过些。"

他的这段经历，我是一九六五年末才知道的。自他负伤后，我一直不知道他的消息。当我在街头散步，偶然从贴报栏里看到他的这段事迹时，泪水模糊了我的眼睛，心里很是感动。我写了一封信给他，他也回了一封热情的信。这两封信，在一九六六年初的《人民日报》上发表了。

一九六五年，戴笃伯同志来京治疗眼疾。同仁医院的回春妙手，使他的左眼恢复到零点零三的视力，配上一千度的眼镜，能模模糊糊看到一点儿东西了。一个明朗的世界又呈现在他的眼前。意料之外的疗效，使他兴奋异常。十三年来，只凭一点儿模糊的光感，他看不清人的面孔。只是凭自己的听觉来识别他周围的人。据说，他回到汉寿时，看到许多同志的面目，都忽然不认识了。只有当他们开始说话，才能辨别是谁。他回到自己的院里，看见一个中年妇女在晾衣服，旁边有三个小孩儿。他正在猜想这个妇女是谁，小孩儿扑过来喊他爸爸，他这才知道是自己的孩子，自然那个中年妇女是自己的妻子了。

自一九六九年后，他又将大把大把的汗水，献给他热爱的党，热爱的人民，热爱的商业工作。

下面就是他这几年的故事。

一

那些年的经济工作是很难做的。戴笃伯一向非常重视毛主席“发展经济，保障供给”的总方针，可是贯彻起来却遇到了很大的困难。戴笃伯拿起放大镜，一遍又一遍地学习毛主席著作。他在供销系统的大小会议上，大声疾呼：现在的商品生产不是多了，而是少了。一定要毫不动摇地把帮助社队发展经济当作商业部门的重要任务。

为了把工作做得更好，一九七一年，戴笃伯深入岩咀（zuǐ）公社供销社蹲点学习。这个供销社，帮助社队发展多种经营搞得很好，很快就把一个“山缺竹木，水少鱼虾”的穷社，变成了五业兴旺的先进单位。戴笃伯回来以后，信心更足了，他亲自带领调查组，深入山村水乡，一个公社一个公社宣传，一片一片山坡搞调查，做出了全县发展多种经营的规划，建立了一支两百多人的生产培植队伍，常年蹲在社队培植生产。几年来，戴笃伯跑遍了全县的每一个公社，汗水洒遍了家乡的土地！

这里，先说说他发展小群鸭的故事。原来汉寿县麻鸭的生产历来是比较好的，鲜蛋的收购曾经达到三万八千多担。但自一九六七年以后开始下降，到一九七一年棚鸭竟由十六万多只下降到六万多只，鲜蛋收购减少到一万八千多担。戴笃伯亲自到集体养鸭的周文庙公社新民大队做调查。这个大队积极发展生产队的小群鸭，平均每年向国家交售鲜蛋四百多担，为集体提供资金两万多元。他们坚持就地放牧不出队，注意加强管理，既不至于发生别的问题，又利于稻田除虫，增加肥料，促进粮食生产。戴笃伯和同志们把调查的情况写了《坚持大方向，发展小群鸭》的报告，县委非常重视，立即批转全县各社队，麻鸭的生产很快又发展起来。到现在鲜蛋的生产已经达到四万五千担了。

这里再说一个给蓖（bì）麻“平反”的故事。蓖麻油是一种高级的润滑油，有很高的经济价值，但是很长时间蓖麻的生产上不去，全县每年收籽只有五六十担，原因是有人认为，蓖麻好是好，就是生虫子，对粮食作物危害大。究竟蓖麻是不是生虫？戴笃伯到州口、文蔚等公社一带蓖麻生产好的生产队做了调查。社员群众说，蓖麻并不生虫，倒是它那高大翠绿的枝叶，经常把稻田里的一些害虫，如斜纹叶盗蛾引来产卵。因为这种虫子喜欢绿色和通风的地方。只要适时摘除卵块，反而能大量诱杀害虫。戴笃伯把这一发现向县委汇报，县委书记立即在一次公社书记会议上，大讲种蓖麻可以集中歼杀害虫的道理，才给蓖麻“平了反”，蓖麻的种植也就在全县推广开来。

多种经营逐渐发展，像乌桕（jiù）、茶叶、蓖麻、苎（zhù）麻等都扩大了种植面积。到一九七七年，全县多种经营面积达到三十五万多亩，比一九六五年增加二十二万七千万亩，公社、大队两级种植、饲养、加工企业发展到一千五百多个，多种经营总收入四千三百四十九万元，占农副业总收入的百分之四十二点三，每人平均收入七十三元。

二

戴笃伯同志的群众观点很强。他经常能从一些细微的事情里体察到群众的需要，而一旦弄清楚，就立刻动手来解决。

一次，他下乡搞调查，来到金牛山下。因为在崎岖的山路上走得十分口渴，就找到一户人家想要点儿水喝。一位老妈妈热情地接待他，立刻从缸里舀水给他动手烧茶。戴笃伯听到舀水时水缸发出磕碰的响声，立刻问：“老妈妈，你舀水用钵（bō，陶制的器皿，形状像盆而较小）呀，为什么不用瓢呢？”

“咳！”老妈妈叹口气说，“我好几次上街买瓜瓢，营业员总说没有。一年要碰破两三个钵嘞！”

“噢，老妈妈，这是俺的工作没做到家。”戴笃伯深感抱歉地说。

这使他联想起一九七二年的一件事。那天，他要到长沙去开会，临行前问岳母要捎什么，岳母说要一个发网。戴笃伯惭愧地想道："我是县商业局长，竟没有想到还有七十多岁的老妈妈买不到发网，自己为人民服务做得很不够啊。"此后，他就发动同志们到工厂、机关、学校、家庭去搞调查。结果发现缺少的东西还多着哩。例如农机站缺维修工具，买把钳子还要跑到县里；学校的孩子们缺乏运动器械，连跳绳也买不到。于是，戴笃伯提出要扩大小商品的经营。一年以后，百货公司从三千多个品种扩大到六千个品种，公社供销社日用杂货从几十种增加到两百多种。这样，虽说给群众带来了不少的方便，但离群众的要求还是很远呀！戴笃伯想到这里，感到很难过。他认为这些看起来是小事，实际上却是党群关系的问题，是关系到党的威信的问题。怎么能够不重视呢！

戴笃伯回到机关，就派人下去培植芦瓜，由供销社收购，因地制宜地办芦瓜瓢加工厂。一年以后，金牛山脚下的那位老妈妈就再也不要用钵子舀水了。

今年春节前夕，戴笃伯来到日用杂货门市部帮助售货。他看到一个农村青年，东望望，西瞅瞅，最后带着失望的神态正要离开店铺，他就走上去，问这个青年到底要买什么。青年告诉他要买做豆腐的石膏。

原来这地方群众的习惯，过年都要做豆腐的。戴笃伯对此早已作了布置，就蛮有把握地说："石膏，有。"不想营业员插话了："是没有，我们没有去提货。"戴笃伯就建议这个青年到别的门市部去看看。"也没有。"小伙子摇摇头说。他告诉戴笃伯，为了这点儿石膏，他父亲昨天进了一趟城，今天又差他来，两个人把全城的门市部都跑遍了，没有一家有石膏卖。

戴笃伯觉得奇怪，立刻陪着这个小伙子到各个门市部去看，确实没有，就来到了生产资料公司仓库，嗬！一大堆雪白的石膏摆在眼前。戴笃伯真想发火，竟还有这样的事！他立刻找了一个帮手，亲自拉了一大板车石膏给每个门市部送货，每到一处，就把这个青年买石膏的经过说上一遍。干部职工们也都感慨地说："戴主任的眼睛比我们差，可是为人民服务的心却比我们热啊……"

不久，戴笃伯为了整顿经营管理问题，举办了一个实物和图片的展览：有从外地盲目采购造成积压浪费的一万双草鞋；有不负责任损坏的成筐成堆的瓷器；有因保管不善造成严重损耗的商品；还有用图片和数字显示出来的不知去向的物资。办这样的展览，戴笃伯不是没有思想斗争的。他开始想，这样做会不会刺伤一些同志呢？但马上打消了自己的顾虑：就是要敢于把它公之于众，让大家进一步看到整顿企业的经营管理是多么必要。

三

戴笃伯由于眼睛伤残，看书学习困难很大。为了能看清字句，他配了副一千度的眼镜，加上五倍的放大镜，每次看十多分钟，眼珠就胀痛流泪。尽管这样，十多年来，他仍然勤奋地学习马列著作和毛主席著作。现在他的视力已经由治疗后的零点零三减退到零点零一了。同志们劝他千万保住这个零点零一。戴笃伯说："这零点零一确实宝贵。可是活着就要干革命，干革命就要学习马列和毛主席著作，零点零一用在这里最值得。"

戴笃伯是一个理论紧密联系实际的人。他学了就做。留在他体内的弹片，经常引起身上发疼，有一块弹片还嵌在大脑皮层，常常引起头脑发涨，恶心呕吐；但他每年至少有一半时间深入基层。他视力不好，一动脚就免不了跌跌撞撞。有一次，他碰到电线杆上，额上凸起了鸡蛋大的一个青包，同志们心疼地望着他，他却笑着逗趣地说："走路打盹儿，也该惩罚惩罚。"还有一次，去检查工作，正赶上社员送粪，他也干起来，竟摔在粪池里。人们把他拉起来，要他回去换衣服，他还拍拍脏衣服笑着说："到田里去洗一洗，正好多送一瓢粪。”几年来，他先后摔断两根肋骨，碰破三根趾骨。县委两次派通信员来照顾他，都被他安排了其他工作。就是这样，戴笃伯还处处严格要求自己，不断在各方面找差距。一位同志说：“老戴，你这个差距，可是不能再找了呀！”戴笃伯笑了笑说：“矛盾是一切事物发展的动力，不找差距，怎么坚持革命呢！”

有一年，正值“双抢”季节，一种名叫钩端螺旋体的病流行起来。病人挤满了医院。这种病，主要是下水感染，城郊的书院巷生产队还死了两个人，人们就不敢下田插秧了。眼看许多田就要荒掉。这时，戴笃伯想：“我是共产党员，在战场上不怕死，现在搞建设还怕牺牲吗？”他就组织了一百多人，擦了防护药，自己带头跳到水田里。在他们的影响下，群众也就下田了。

他经常下田参加劳动。有一次帮助史家嘴生产队扯秧，因为弯腰时间长了，他头上、腰上、腿上的伤痛就一齐发作。汗水流进了眼眶，使右眼的人造眼球滑落下来，掉到泥水里。汗水越发往眼眶里流。眼肌受了刺激，疼得钻心。他就一手捂着右眼，一只手探到泥水里摸那个人造眼球。一个小青年见他落了伍，回过头好奇地问：“戴主任，你在摸泥鳅呀？”戴笃伯怕人发现，就连忙“嗯”了两声。（通过动作描写和语言描写，写出戴笃伯忍受伤痛也不愿麻烦别人的心理，体现了他坚强独立的品质。）他后边的一个小青年说：“戴主任，你眼睛不好，让我来抓！”戴笃伯急了，连声说：“不行，不行，莫把它摸得不见了。”这时，人们才发现是他的假眼球掉了。还是别人帮他摸起来，递到他手上；他在泥水里涮了涮，在衣服上擦了擦，又嵌到眼眶里……

在整整一个上午的劳动中，带着泥浆的假眼球几进几出，眼也发炎了。戴笃伯就干脆把眼球装起来，用手帕蒙上眼继续插秧。同志们看着实在心疼，叫他回去休息，他又不肯。中午炊事员送饭来，有人同炊事员耳语了一阵儿，炊事员就点点头，编了个假情况，说：“戴主任！县委通知你去开紧急会议！”戴笃伯这才洗干净两腿泥巴，急匆匆地走了。他跑到县委，书记们全下乡去了，这才弄清楚是怎么回事，心里十分感动。这时，天刚好下起雨来，他就收集了同志们的雨伞，捆了一大捆背上，冒着雨又返回了刚才劳动的稻田里。

前几年，种种不正之风也刮进了商业部门。戴笃伯对此进行了坚决的抵制。他掌握着成千上万种商品，却从不为自己开一次方便之门。一次，他的哥哥受生产队之托，想通过戴笃伯买点儿农药、化肥。哥哥知道弟弟原则性强，开始很犹豫，但转念一想，这又不是贪污，买东西照样拿钱，也许这点儿方便弟弟是会给的。于是他进城来找弟弟讲了此事，最后说：“你的血水泼在清水坝，二十多年你没给过一点儿照顾，这回你可要对得起乡亲们嘞！”戴笃伯心里斗争开了，他想，自己手中的化肥给家乡人几千斤，人们也不至于会说什么。但又一想，这个门可万万开不得，一开可就堵不住了。过去战场上，自己面对敌人的炮火都没有退却逃跑，为什么对这种旧的习惯势力却顶不住呢？想到这里，他断然地说：“不行，这些物资，我没有随便分配的权力。”哥哥说：“为什么别人搞得，你就搞不得？”戴笃伯说：“这是一股歪风，咱们大家都要顶住！”他给哥哥讲了许多道理，哥哥才满意地回家去了。

戴笃伯每次到基层去，同志们都很热情，总要给他加点儿菜，劝也劝不住。戴笃伯觉得，自己作为一个领导干部，如果接受这种招待，就是做了个坏样子，势必要带出个坏班子。为了杜绝这种歪风，他专门召开了党委会议，议定了几条措施：下文制止，逢会必说，进门就讲，弄了不吃。从此这种现象也就制止住了。

听了戴笃伯同志的这些故事，我沉在深深的思索里。这时外面的暴风雨还没有停息下来，雷电的闪光不绝地透过玻璃窗，照着戴笃伯纯朴、善良、坚毅的面孔，就好像他置身在当年炮火的闪光中似的。我望着坐在我面前的这位朋友，默默地对自己说：这是一个多么坚强的战士啊！

在我称赞他时，戴笃伯感慨地说：“你知道，一九五二年我那次打反击负伤后，昏昏迷迷地在阵地上躺了三天三夜。是领导专门派了一个班，穿过敌人的炮火封锁把我背回来的。每当我想起这事，我就觉得自己没有理由不好好工作。我经常想，他们救出我来，绝不是要我去享清福，是要我坚持革命，党派我做经济工作，我也常想打仗的事。在朝鲜战场上，为什么敌人坐汽车，我们用两条腿跑呢？为什么敌人的飞机大炮那么凶恶，我们却拿着石头跟敌人拼呢？这都是经济问题。今后仗还是要打的，我们没有雄厚的经济力量，这怎么行？我经常下乡搞调查，看到我们许多山还荒着，心里就很难受。旧社会，我们没有土地，想种什么也种不成。现在土地是我们自己的了，而又是烈士们用生命和鲜血夺回来的，在这样的土地上为什么不多种些东西，让它们为社会主义服务呢？……不把经济搞上去，我们是没有出路的。”

我提到他坚持革命到底的精神很强，尤其是在不正之风流行的几年中，能坚决顶住，这是非常难得的。戴笃伯谦逊地笑了一笑，说：

“我原先认为，思想改造无非是为共产主义奋斗，经过战场上的生死考验，也就差不多了。我在药材公司当副主任，有一次买了一个竹壳暖瓶。别人的竹壳暖瓶都是刷了漆的，有人也把我的暖瓶拿去漆了。我一瞧果然好看些。可是事后很不舒服，因为用的是公家的漆呀。从这件事你可以看出，就是经过生死考验，思想改造也没有结束。从此，我就处处检查自己，在严峻的政治斗争中，在荣誉地位面前，检查自己，是否合乎共产党员的标准……”

夜已经很深了，雨还没有住。因为我们住地很远，就向戴笃伯同志起身告辞。出得门来，雨势似乎比刚才小了一些，但天际仍然不绝地闪着电光，滚动着雷声。那雷声非常酷似战场上绵密的炮火，而且在并不太远的地方。车子开出城外，才看出刚才那场暴风雨比想象的更大。一路上，不断有被大风拔起的树木，歪倒在路边。

凌乱的枝叶积满了公路。在低洼处哗哗的雨水，已经埋住了车轮。这使我再一次想到戴笃伯同志，这些年来，他走过的道路是多么不容易啊。他正是挺着他那伤残的身子，昂首阔步，从无边的暴风雨中走过来的。狂风恶浪没有使他止步，险滩激流没有使他倒下，他比以前更加坚强了。他走过的道路，确实不是一条平凡的道路，而是一个真正的战士走过的道路，一个名副其实的共产党员走过的道路。今后在新的长征路上，还是会有风雨的吧，然而我相信，他会继续坚定地走下去，走下去，用自己的生命和汗水，为人民做出新的贡献！

一九七八年六月三十日于北京

成长启示

走下战场的戴笃伯，带着战争留给他的一身伤痕，投身社会主义的建设中。尽管面临身体上、工作上的诸多困难，但他永远保持着热忱，积极地投身到一个又一个任务中。对待生活、工作，我们需要热情，尤其在遭受重重打击之后，更需要保持这份热忱。戴笃伯的经历启示我们：无论任何时候，都不要灰心丧气，要留住内心的热忱，相信自己终会克服困难，迎来转机。

要点思考

1. 文中主要介绍了戴笃伯所做的哪几件事？请简要说说。
2. 结合文章中的具体事例，你觉得戴笃伯是一个怎样的人？

他还活着

导读

一个失去音信多年，“我”以为他已经牺牲在战场上的战士，竟然在现实中“复活”了！当年那个奋勇战斗的年轻战士已经成了一位历经风霜的老人，那颗在战争中穿过他的肺叶从后背穿出去的子弹留下的伤口，也早已变成了向里凹陷着的，小茶碗口大的伤疤。关于这段死里逃生的经历，老人向“我”娓娓道来……

一个死去四十年的烈士又活了，这真是世间的一件奇事。

今年四月，一天，我忽然接到部队一个电话，说《谁是最可爱的人》中提到的烈士李玉安，又找部队来了。我当时又激动又惊奇。我立即说：“噢，那太好了，我很欢迎他到我家里来。”

过了没有几日，李玉安带着他的女婿来了。他光着头，穿了一身五十年代工人们常穿的那种蓝制服，走进了我的院子。我一看，他的瘦脸上满是白胡楂子，但身板挺硬朗，走路相当利索。我赶上去紧握着他的手说：

“你就是李玉安同志吗？你还活着！”

“活着，活着，”他哈哈一笑，“这不来看你了吗！”

我把他们让到屋里坐下，再次端详着他那张经过一世风霜的劳动人民的脸，那朴实的紫棠色的脸上已经刻满了皱纹。他没等我问起原委就说：

“我在阵地上负了重伤，醒过来的时候，战场上静悄悄的，已经没有一个人了。我就挣扎着往山下爬。爬几步歇一歇。爬到山底下，碰到朝鲜人民军的一个司号员，他才把我背到路边一个老百姓的房子里。后来部队来收容，这才把我送回祖国。”

“你在哪里休养的？”

“我在武汉医院里昏昏沉沉，躺了半年；开了几次刀，总也不好；肺叶上子弹穿过的地方老是化脓。”

说着，他扒起蓝制服，我看见他的前胸右侧，有小茶碗口那么大一个圆圆的伤疤，向里凹陷着。这颗子弹穿过肺叶，从后背穿过去。后背也留下一块类似的疤痕。

我抚着这块美国子弹留下的伤痕，不禁沉入默默的回想里。二次战役中的松骨峰战斗，的确是一次异常壮烈的战斗。记得我事后去访问这支连队时，原来参战的人不是牺牲，就是负伤到了后方。他们只找到一个通信员和我坐在山坡上谈话。幸亏这个营的营长王宿启，他的指挥所正在松骨峰的翼侧高处，一切看得清清楚楚，才向我详细描述了这场惊心动魄的激战。我还记得这个营长是个黑大汉，山东人，向我一边说一边淌着眼泪。

“你养好伤就复员了吗？”我问。

“是的。”说着，他从口袋里掏出他的残疾证，这个红皮小本本已经十分破旧了。

我打开一看，上面记载着他的姓名，残疾等级，还有一张英姿勃勃的相片，并且简略地记载着他在解放天津、渡江等战役中也立有战功。我不禁问道：

“你为什么这些年连提都没有提呢？”

坐在旁边的女婿抢上来说：

“家里几个孩子都把课本拿到家里来，给他读这篇文章，问上面写的李玉安是不是他。他总是说天底下重名重姓的多得很，要我们不要张扬。（从老人低调的行为中，可以看出他不居功不自傲的可贵品质。）直到这回小儿子要参军，把他逼得实在没法儿了，这才拿着残疾证和课本找到老部队……”

“我怕给组织上添麻烦。”老人仍带着几分歉疚地说。

“这怎么能算是添麻烦呢？”女婿立即反驳了。

老人冲着我叹了口气，缓缓地说：

“这些年轻人不了解，当初我们连一百多人，死的死了，伤的伤了。我复员以后，还成了个家，现在有六个儿女，都有吃有喝，想想那些战友们呢，他们二十几岁就牺牲了，他们得到了什么？我哪里还能谈什么功不功呢？我现在不敢想他们，一想起他们就难过。特别是我们的指导员杨少成，他的两条腿都被打断了，他拖着两条断腿，从火里爬过来爬过去，大声喊着：‘我们是毛主席的好战士，守住阵地呀！’还有熊官全，他抱着敌人活活被烧死，死以后还瞪着眼睛……”

老人说到这里哽咽了，流下了眼泪。

我们也都低下头去。沉默良久，老人又说：

“再说，我负了重伤，组织上派了四个女护士来护理我，饭水都是一口一口地喂，喝完一口，小勺儿又伸到我嘴边了……没有党哪有我呀！”

我再一次被他崇高而深沉的情感打动了。这是一个战士的灵魂在向我低低倾诉。我见过许许多多战士，他们身上都有一种纯朴和谦逊的品质。他们有功不居功，是因为他们把英勇战斗看作自己的本分，把视死如归看作战士的道德规范，把流血牺牲看作革命必付的代价。从李玉安我立刻又想起《谁是最可爱的人》中讲到的马玉祥，就是我说的那位像田野里一株红高粱那样纯朴可爱的青年。他转业后一直在通辽橡胶厂里默默地工作，好多年我都不知道他在哪里。后来该地的民族师范学院讲我的这篇文章，提到马玉祥的名字时，下面有人说："马玉祥不就在我们这里吗？"这才发现了他。多么可爱的战士！他们身上都有一种多么宝贵的品质呀！

谈到这里，午饭已经熟了。我们立刻移席就座。我满满地擎起一杯酒来，祝这位纯朴的战士健康长寿。老人也回敬了我。我们两个老家伙开怀畅饮，谈得十分相投。喝了几杯酒，李玉安的情感放开了，谈起战场上的拼搏，他不禁站起来，神采飞扬，比比画画，很有战士的风度。他特别提到他们的戴连长，这位山东大汉，面对着围上来的三个美国兵，被他刺死了一个，用脚踹倒了一个，第三个的脑袋被他用手榴弹砸开了花。

席间，我问起李玉安这些年的生活。女婿插嘴道，他直到现在仍住在一米多高的地窝里。几次分房子，他都让给别人了。他复员时，工资只有四十几元。因为他是党支部的组织委员，升级也是一次又一次地让给别人。直到退休还是六十几元。听到这些，我心里热辣辣得很是不安。我主动提出，给他们的县委写一封信，希望在可能的条件下，给以适当照顾。而对这些艰苦，李玉安却很坦然，一笑置之。

饭后，我捧着精装本的《东方》和《魏巍散文集》

送给这位可敬的战士，扉页上写上了“您永远是最可爱的人！”

老人走了。我站在一棵柏树下，一直望着这个光着头穿着一身蓝布制服的背影，心里默默念道：伟大的中国革命造就了多么优秀的战士！这样的战士在现在是多么难得啊！

一九九〇年八月二日于北戴河

成长启示

李玉安作为参加过抗美援朝的老兵，本可以享受国家给予的福利待遇，他却选择了不张扬自己的战斗功劳，低调生活。李玉安的行为充分体现了不居功不自傲的精神，能够在名利面前保持一颗赤诚之心，实在是非常可贵又令人尊敬。生活中，也会有诸多的名利诱惑，如果能始终保持赤诚，抵抗住诱惑，不居功自傲，那么我们的精神世界也会变得更加丰盈。

要点思考

1. 结合文章，你觉得李玉安之前被认为已经牺牲在战场的原因是什么？

2. 文中，李玉安对以前的艰苦一笑置之，你认为此时的他是一种什么样的心境？

辉煌的纪念碑

——纪念伟大的抗美援朝战争五十周年

导读

作者创作本文时，抗美援朝战争已过去五十年。在21世纪的今天，我们再回顾时，该如何评价这场反帝战争的历史意义呢？作者为什么说抗美援朝是“一座辉煌的纪念碑”？让我们在阅读中获取答案吧。

伟大的抗美援朝战争，至今已整整五十个年头了。朝鲜战争是第二次世界大战以后规模最大的战争，也是对诞生不到一年的新中国最严峻的考验。战火已经烧到了身边。在当时情况下，中国人民究竟应做何种选择？也就是说，这个仗该不该打？能不能打？打而能不能胜？这曾是当时从上到下考虑的头号问题。当矛盾尚未充分展开，本质尚未暴露，自然容易议论纷纷。幸而我党在东方巨人毛泽东明亮如炬的目光下，以马列主义的慧眼，看见了地层下蕴藏着的正义战争的地火，这才毅然决然地做出了胆略惊人的决定。高举国际主义、爱国主义旗帜的中国人民志愿军就这样雄赳赳、气昂昂地踏上了鸭绿江桥。然而，风雪弥天，胜负难知。尤其“唯武器论”“唯技术论”的迷雾，是更浓重的迷雾。

人们，全世界的人们，还不能不用既是期冀又是惶惑不安的眼睛，注视着他们。结果如何呢？谜底不久就揭开了。正如作者为丹东抗美援朝纪念馆题诗中所说的：“中华好儿女，何惧风雪狂。一战惊天下，大败兽中王。”中国人民志愿军，一连三个战役，就把美国侵略军及其仆从赶过了“三八线”以南。以后我军愈战愈强，国内建设不仅未因战争而停止，反而因正义战争的激发进展得速度更快了。这是人们想也没有想到的。美国人在痛楚的教训中看到，如果他们不停下手来，将会失败得更惨，这才在我军一九五三年夏季的金城大反击后，被迫宣布停战。停战线仍旧在美军当年气势汹汹地大举越过“三八线”的那个地方。这就是事情的全部答案。

抗美援朝的伟大胜利，是中国人民近代反帝史上一座辉煌的纪念碑。它是在中国人民虽然站起但尚不壮大的情况下进行的。它所显示的中国人民志愿军伟大的国际主义精神、爱国主义精神和革命英雄主义精神是可歌可泣的，他们的伟大功勋是人民永远不能忘记的。抗美援朝战争伟大的历史意义是不可磨灭的。至少下述三点是至为明显的：

一、它有力地维护了我们新生祖国的安全，并保障了国力的恢复和建设。志愿军出国之际，我们的国家还带着满身战伤，经济并未恢复，大陆还未完全解放，土改更未进行，全国尚有几百万残匪不曾肃清，新生的政权还不是很巩固的。经过三年抗美援朝战争，我们的经济不仅迅速恢复到战前最高的水平，且胜利地完成了土改、镇压反革命等各项任务，并开始了大规模的建设。全国各地、各条战线，一片欣欣向荣。这不能不说是正义战争所焕发的伟力。事情还可以反过来看，假若我们在大敌当前之际，采取的是怯战、避战、对友邦的存亡置之不理的态度，帝国主义者见我软弱可欺，很可能乘胜掠取我东北一块领土，或重新帮助蒋介石反攻大陆，这不是不可能的。即使不越过鸭绿江［麦克阿瑟（1880—1964，美国陆军五星上将。1950年任侵朝“联合国军总司令”。极力主张扩大侵朝战争，进攻中国。后因军事失利被免职。）说，鸭绿江并不是不可逾越的边界］，只占据北朝鲜（即现在的朝鲜民主主义人民共和国。位于朝鲜半岛北部，北以鸭绿江、图们江与中国为邻，东北一隅隔图们江与俄罗斯相望，南以军事分界线为界与韩国相接）进行骚扰破坏，我们的建设工作也是无法安心进行的。

二、与朝鲜军民一起，有力地捍卫了朝鲜民主主义人民共和国的独立。当中国人民志愿军向朝鲜境内出动的时候，正是美军攻陷平壤向鸭绿江疯狂推进的时刻。据美国俘虏亲口告诉我，那时他们的脸上充满了笑容，把麦克阿瑟看成了圣诞老人，以为战争立刻可以结束，他们很快就可以回家了。而这时朝鲜人民军的主力还隔断在南方，正是朝鲜人民政权生死存亡系于一旦的严峻时刻。可是，霹雳一声震天响，中国人民志愿军出现了！接二连三的打击，立刻扭转了危局。随后中朝军队并肩作战，一直打到最后胜利。这场战争不仅捍卫了朝鲜人民的革命事业，而且同朝鲜人民结成了生死不渝的友谊，这是很可贵的。

三、有力地保卫了世界的和平。美国军队在世界上没有碰过很大的钉子，因此他们往往以胜利者自居，狂傲得很。抗美援朝战争是给予他们的最严重的打击。在朝鲜战场上，他们最优秀的部队，像美国骑兵第一师、美陆战一师都尝够了苦头。经过这次战争，他们才认识到了真正的“打仗专家”，才认识到“在错误的时间、错误的地点同错误的敌人”打了一场错误的战争。应当说，美军涉足的越南战争（亦称“越南抗美救国战争”。越南抗击美国侵略的民族解放战争），是对他们第二次最重大的打击，至今他们仍心有余悸。尽管他们在越战期间使用了一切灭绝人性的手段，但最后还是以可耻的失败而告终。第二次世界大战后美国在东方受到的这两次打击，从中吃到的苦头，使更大规模的战争推迟了好多年。这就是朝战和越战对世界和平做出的贡献。否则，我们的日子是不会过得那么自如的。

上述抗美援朝伟大的历史意义，本来都是中国人民所公认的，但在当前席卷一切的翻案的黑风中，有人却站出来翻案了。例如广东的《随笔》杂志就抛出这样的文章。文章大意说，美国政府本来是不准备同中国打一场大战的，也更无意侵占中国的台湾，而对朝鲜只不过是“仓促参战”。毛泽东也仅仅是感到唇亡齿寒，加上斯大林的“一再鼓动和提供无偿武器的许诺”而下定参战的决心的。“战争并不是迫在眉睫”，本来是不应该打的，却打了三年多，使“中国流了很多血，损失了很多财产”；同时也搞坏了中美关系、国际关系，使“中国二十年不得参加联合国，阻滞了中国社会和经济的进步”；“使中国无限期延缓了统一台湾的目标”；并且使南北朝鲜的对峙状况固定化了；尤其是牺牲在朝鲜的几十万中国人，他们都是在不明“真相”的情况下死去的，简直是一些冤死的鬼魂。作者为这些冤魂深沉地悲哀，并且要求中国人对这场战争有“新的思考”。我在抗美援朝五十年后看到这样的文章，感到比那位作者更加深沉的悲哀。不过我悲哀的不是烈士，而是五十年后中华民族怎么会出现这样一批说鬼话的不肖子孙！也许说他们是不肖子孙太不够了。正如有人哀叹的“汉奸情结何时了”，这些人如果不是秦桧转世，也是汪精卫复生了，再不就唤他们是“洋奴”或“西崽”！

我们正告他们：在中国人民的心中，抗美援朝的历史，是庄严而神圣的，是值得中国人民骄傲的一段历史，它是不允许任何人来亵渎的。谁要胆敢翻案，谁就会受到全中国人民的嘲骂！在纪念抗美援朝五十周年的时候，我们向牺牲在朝鲜土地上的光荣的烈士们和他们的家属深深致敬！向尚健在的参加那次战争的整整一代人深深致敬！我再次说，抗美援朝的伟大胜利，是中国人民近代反帝史上辉煌的纪念碑！

二〇〇〇年七月二十六日

鸭绿江情思

导读

时代的脚步迈入二十一世纪，当年志愿军战士跨过鸭绿江转眼已是半个世纪之前的事，当年英勇杀敌的年轻战士也已年近古稀。如今，这些“最可爱的人”又来到鸭绿江畔，回顾着往昔峥嵘岁月，叙说着今朝……

啊，鸭绿江，我又来到了你的身边。今天，我看到你那碧盈盈的江水，在孩子们的钓鱼竿下安静地流去。锦江山上半山红枫，半山金黄，你的秋光是多么的明艳啊！碧空里传来一阵阵的鸽哨，比好听的笛声还要悠扬。江上的白鸥在绿波上怡然自得地飞翔。对岸新义州的烟囱安详地冒着黑烟，和丹东市像姊妹一样地应和着。

啊，鸭绿江，我又来到了你的身边。回顾五十年前，对岸新义州的大火烧红了你的江水，妇女儿童的

哭喊声随着漫天的黑烟卷过江来，它震动着千百万中华儿女的心。“中国人民志愿军”（一个响彻历史的名字！）就是从这里跨过江去，迎着弥天大火，披着漫天风雪走向胜负难知的战场。

谜底不到三年就揭晓了：一支具有最现代化装备的敌军，徒然拥有可以将一个山头削低两米的威力，却不能逼使我军后退一步；而一支装备落后的军队，却可以将强敌打得屁滚尿流，在美军历史上被称为“黑暗的十二月”。这真是一场富有戏剧性的奇妙无比的战争！对于“唯武器论者”，对于“唯技术论者”，这将是他们永远无法理解的。

啊，鸭绿江，我又来到了你的身边。许多志愿军的老战士也怀着深厚的情意来到这里。我们漫步在鸭绿江大桥上。

空军战斗英雄韩德彩和我走在一起。他已经六十七岁，但还显得很年轻。在当年的空战中，他曾先后击落五架敌机。其中击落美国“双料王牌”飞行员哈罗德·爱德华·费席尔，尤其引人注目。原来按美国空军规定，击落五架可称为王牌，击落十架就可称为双料王牌了。

我问韩德彩：“那时你多大年纪？”

“二十岁。”韩德彩说，“我第一次击落两架敌机，才飞行了不过几十个小时。”

“你是怎么把这个‘双料王牌’费席尔击落的呢？”

“说起来还真有趣，”韩德彩笑着说，“我本来就要返航了，不料飞到大堡机场上空，正好与费席尔驾驶的F-86飞机遭遇。当时我看见费席尔击伤我一架战机，我再也压不住心头的怒火。我就猛扑过去，不过一分钟，我就把瞄准环紧紧套住了它，猛按炮钮，我这一炮打得也够狠的，三炮齐射，一气打出八十多发炮弹。这架F-86就着火坠落了。我看见飞行员跳了伞，就报告地面：快点抓俘虏！等到我的战机停到跑道上，好险！已经一滴油也没有了……更有趣的是，四十四年之后，一九九七年十月，我在上海又见到了这位费席尔。”

“怎么，你又见到了他？”

“是的，这时费席尔已经弃军从商，他到了上海，非拜见我不可。他见到我的第一句话就说：‘我此生最大的愿望，就是见一见你这位优秀的飞行员。我对当年的一切记忆犹新。将军，您胜利了，我很敬佩！’我连忙说，你的技术比我高。他摇摇头说：‘不！如果我的技术比你高，怎么会让你打下来呢！’这次会面，费席尔送了我一架他当年驾驶的F-86飞机模型，我也回赠了一个恐龙模型和我书写的一个条幅：‘着眼未来。’”

韩德彩讲完了这则有趣的故事，然后带着深沉的感慨说：“技术很重要，我看勇敢更重要。朱总司令曾说：勇敢加技术就是很好的战术！我以为他的话是很深刻的！不重视政治，只看重物质是不行的！中国人民志愿军那种伟大的革命精神是用金钱买不来的！”

韩德彩的话使我再次陷入深深的沉思。我认为他的话是对抗美援朝战争的某种概括，也是对这场战争奇妙性、戏剧性的一个注解，一个回答。

在这里，我看见张立春老人也来了。五十年前，我在汉江南岸的阻击战中访问过他。那时他是三三五团的一个排长。他曾率领突击排最先摸上敌人的阵地。有四个美国兵正钻到北极睡袋里，他首先打死了一个，然后用脚踏住了一个，另两只手摁住其余两个，然后狠狠地骂道：“过去中国人是在你们脚底下，现在你们该低低头了！”……我曾把他的这段事迹写在《汉江南岸的日日夜夜》里，我还说，你看我们的战士哪一个不像个小老虎呢！可是几十年来，我一直不知道这位英勇战士的下落。没想到不久前，我忽然接到他从朝阳市托人捎来的信，还有一幅戴着旧毡帽的老人的照片。信上说：“魏巍同志，我们已经有五十年没有见过面了。那天你采访我是在一个防炮洞里，外面战斗很激烈，洞子又小又黑，我也没看清你的面貌，我很想念你，什么时候我们能再见上一面呢？”我凝视着他的照片，望了很久，也想了很久。我立刻回信说：“我不久要到丹东，我们就在那里会面吧！”结果，他真的来了，我看见他穿着军衣，挂着军功章等好几枚奖章，还是戴着那顶旧毡帽，我喊了一声：“张立春！”他立刻跑上来，热泪盈眶地抱住了我，（老战友的一声呼唤，触发了多年的战友情，“跑上来”“抱住”生动地体现了战友相见的激动心情）说：“我真没有想到在这里能见到你。不容易呀！说实话，我当年真没想到能活着回来！”我挽着他那双粗糙带点紫色的终年劳动的手，默默地漫步在大桥上。在中朝友谊桥的桥头，留下了我与这位战友的合影。

我在《谁是最可爱的人》中写到的马玉祥也来了。我曾说他当年像秋天田野里一株红高粱那样纯朴可爱。如今也七十岁了。我们一同站在抗美援朝纪念塔下一幢黑大理石的纪念碑前。长期以来，他也像“活烈士”李玉安、井玉琢一样隐姓埋名，不事张扬。退休以后他自任宿舍楼的楼长，每天清扫楼道，清除垃圾。他还自购图书，从自己有限的居室里辟出一间作为少年儿童的阅览室，从不嫌烦。他作为关心下一代的委员，还经常到学校做报告，从来不要车接车送，总是骑着他那辆破自行车随时赶到。令人高兴和激动的是一九九二年的八一建军节，我和马玉祥、李玉安、井玉琢，还有他们的营长王宿启在哈尔滨相会了。令人惋惜的是，几年之后，两位“活烈士”和王宿启已经先后去世。一九九三年抗美援朝纪念馆落成的时候，前中国人民志愿军副司令员洪学智将军曾建议说：《谁是最可爱的人》这篇文章很有教育意义，应当刻在碑上流传下去。经过纪念馆的同志多方筹措资金，直到一九九八年才让我把这篇文章的全文用行书书写出来，这幢宽二米、长十八米的黑色大理石纪念碑，终于经过精工巧匠之手在抗美援朝五十周年的前夕完成了。在碑下我想到，如果李玉安、井玉琢和王宿启等同志能亲眼看到，该有多好啊！可惜他们已经看不到了。也许“松骨峰连”仍旧健在的战士只有马玉祥等少数人了。想到这里，我把“献给最可爱的人”的红领巾系在马玉祥的脖子上。让中国人民志愿军伟大的爱国主义、国际主义和革命英雄主义精神永远传留下去吧！让中国无产阶级和中华民族不畏任何强敌的硬骨头精神永远传留下去吧！

在离开丹东的前夕，我拜谒了志愿军的烈士陵园，向这些为正义事业献身的英烈们深深地鞠躬致敬。在青松与红枫之间，我默默地走着，注视着这些墓碑。我没有忘记，还有更多的战友和同志长眠在朝鲜的国土上。这时，我再次望一望山下鸭绿江平静的流水，望一望江边怡然自得的白鸥，耳边又传来一阵阵比笛声还要悠扬动听的鸽哨。我心中不禁默默喊道：鸭绿江啊鸭绿江，如果不是当年血与火的斗争，如果不是无数英雄的鲜血，怎么会带来眼前的这一切呢！

二〇〇〇年十一月五日

不可淡忘的历史经验

——抗美援朝战争的回顾

导读

在纪念中华人民共和国建立五十五周年的日子，抗美援朝战争的历史意义显得尤为重大。半个多世纪后，我们还能从这场战争经历中获得怎样的经验？于今日的中国而言，我们又该如何借鉴这份宝贵的历史经验呢？

一

今年是中华人民共和国建立五十五周年。纪念这个日子不能不说到抗美援朝。因为新中国成立不久，在我们东邻爆发的朝鲜战争，是对新中国最严峻的考验。那时新中国犹如一个新生的婴儿，是否能够战胜汹涌扑来的世界头号强敌，具有生死存亡的意义。但是中国人民在中国共产党和毛泽东同志的英明领导下，一场伟大的抗美援朝战争终于以胜利而告终，使我们新生的祖国在东方巍然屹立，以其强大的生命力继续蓬勃发展。回顾这一胜利，可谓鸦片战争以来中华民族反帝斗争史上最辉煌的纪念碑。比起抗日战争的伟大胜利似乎更为辉煌。抗日战争的胜利，尽管我党我军起到中流砥柱［比喻坚强的、能起支柱作用的人或集体，就像立在黄河激流中的砥柱山（在三门峡）一样］的决定作用，但毕竟是在国共合作的条件下进行的，苏联红军出师东北，击溃日本关东军，也是一个重要因素。而抗美援朝战争却是在我党独立地领导中国人民与朝鲜人民并肩作战取得的。这一个胜利不仅沉重地打击和削弱了美帝国主义，维护了朝鲜的独立，赢得了世界的和平，且使我国雄踞东方，立于不败之地。其历史意义是巨大的和不可磨灭的。

去年，在抗美援朝战争胜利五十周年之际，我看到一篇访问记很有意思。那是美国西点军校一位高级教官的谈话。他说：美国在亚洲进行过三次战争：一是参与了第二次世界大战中的对日战争，二是朝鲜战争，三是越南战争。这三次战争，美国在国内最热衷宣扬的是对日战争，越南战争次之，但讲得不多，唯独对朝鲜战争很少提及，因此有人称之为“被遗忘的战争”。为什么呢？因为朝鲜战争他们在军事上完全失败了。他最后的结语是：“我们不怕中国军队的现代化，就怕中国军队的毛泽东化！”我认为这位美国西点军校的教官还是有点儿眼光，也说出了一点儿真理。因为中国军队的现代化，固然很重要，是绝对不可忽视的；但短时间内怕还难以达到美国军队的现代化水平。可是用毛泽东思想武装起来的军队却是不可战胜的。美国人正是在这方面吃尽了苦头才领略到这个真理的。

二

抗美援朝战争已经过去了半个多世纪。当年的参战各方，都有许多专著来总结各自的经验。那么对我们来说，从战略上看，我们究竟取得了什么历史经验呢？

我认为，至少有下列两点，是绝不可忘记的：

第一，要牢牢记住，美帝国主义的侵略本性是不会改变的。这是由帝国主义的反动本质决定的，对他们绝对不能抱一丝一毫的幻想。

第二，对待帝国主义的威胁和侵略，必须有起码的硬骨头精神，也就是说至少要有“不怕”二字。既不怕帝国主义的恐吓，也不受帝国主义的欺骗。从战略上要敢于藐视它，从战术上又要重视它，在这方面毛泽东无疑是最光辉的典范。

朝鲜战争发生之后，尤其是当美军不顾我之警告，悍然越过“三八线”，占领平壤，向鸭绿江边疯狂推进的危险时刻，中国当时究竟如何处置，是否应当立即派兵出境作战？这无疑是一个最难决断的问题。当时的条件是明摆着的：对方是帝国主义阵营中的头号强国，其军力与经济实力都是头等的；而我国却是一个满身战争创伤、经济上尚未恢复的弱国。当时解放战争还处在扫尾阶段，全国尚有百万残匪仍在各地活动，进军西藏的部队尚在中途，全国范围的土地改革正待展开。在这样的情况下，能够出国作战来帮助别人吗？能够顶得住、打得退汹涌而来的敌人吗？如果顶不住、打不好怎么办？岂不是要引火烧身吗？岂不是要打碎我们自己的坛坛罐罐吗？那么，我们的建设又如何进行呢？岂不是自找倒霉吗？当时，难怪不少党外民主人士提出种种疑难，即使党内又何尝不是这样呢？（连续八个问句，形象地呈现了抗美援朝这一决策制定之前的种种疑虑，说明抗美援朝的决策是中国共产党经过深思熟虑的结果，也被事实证明是一项英明的决定。）不说别人，就像林彪这样统帅过百万大军的人，在毛泽东委以出国重任之际，也以有病推辞了。在讨论是否出国作战的会议上，他曾摆出，美军一个师有多少炮，我军一个师有多少炮，那自然无法相比了。我可以说，没有毛泽东那样惊人的胆略，没有毛泽东那样雄伟的气魄，是不可能做出出国作战那样的英明决定的。

毛泽东的不凡之处，不仅在于他具有惊人的胆略，还在于他具有深刻的马克思主义的洞察力。他不是仅仅从武器装备上看问题，也不是用静止的形而上学的方法看问题，而是用辩证的发展的观点看问题。正是如此，别人没有看到的，他看到了。这里我可以打个比方，一九九一年我去云南游龙陵等地，当地的温泉露出地面，从远处即可看到热气蒸腾。当地杀鸡不用煺毛，只要放在温泉里片刻即可。陪同的朋友告诉我，此地及腾冲的地下有一个庞大的热海。我立刻感悟到，毛泽东不就是能看出地下有一个热海的人吗？别人没有看到，他看到了。这就是人民中蕴藏的潜力，伟大的创造力。只要能把人民充分发动起来，这个地下的热海就可以发出无穷的力量。正是他那句话：“战争的伟力之最深厚的根源，存在于民众之中。”

回顾抗美援朝的全过程，完全验证了毛泽东的预见。我们由弱而强，愈战愈强；而敌人却由强而弱，愈战愈弱。这说明强与弱不是一成不变的，是必然要起变化的。同时强与弱并不是绝对的，而是相对的。敌方虽强，但强中有弱；我方虽弱，但弱中有强。在朝鲜战场上明显看到，敌人装备虽然比我军优越，但因为他们从事的是侵略战争，士兵并不理解也不相信他们上级所宣扬的什么“防止共产主义的威胁”，而从内心里是厌弃这个战争的。作者曾访问过碧潼俘虏营，同许多美军战俘谈过话，对此有深刻印象。这样，武器和人就难以做到完满结合。相反，我军装备虽然比敌人差，但我军的斗志却十分高昂，且战斗经验丰富，战术灵活，被敌人称为“打仗专家”。再加上毛主席是世界上罕见的统帅和指挥艺术的大师，彭老总又是久历沙场，战争经验十分丰富的战场指挥高手，麦克阿瑟一类人物岂可望其项背。这样也就弥补了我方的不足，而屡战屡捷。尤其是第二次战役，我军一举歼敌三万六千人，被美军称为“黑色的十二月”。等到战争第二年后期，战争便在“三八线”上稳定下来。从东海岸到西海岸形成了巩固的“地下长城”。一九五二年春我第二次入朝时，见到了老首长杨得志（1911—1994，中国人民解放军高级将领，湖南醴陵人。抗美援朝战争中，任中国人民志愿军第十九兵团司令员，志愿军副司令员、司令员）将军，他就指指地图信心十足地对我说：“以后就是我们向前进的问题了！”说着用脚尖点点脚下的土地，“今后不会再向后退了！”那年冬季发生在东线的上甘岭战役，敌人把山头削下了两公尺，并付出二万五千人的代价，也未能越雷池一步。第三年，金城反击战，我军一举突破敌阵数十里，歼敌七万八千人，使得胡搅蛮缠的敌人不得不乖乖地在板门店的停战谈判桌上签字。因为再打下去，形势将对他们越发不利，事情就不好收拾了。

至此人们已经清楚看到，这场战争和某些人的看法相反，我们不仅没有被打烂坛坛罐罐，不仅没有破坏建设，反而激发了全国人民热火朝天的积极性和最活跃的创造力，前方与后方，国内与国外，像两个齐头并进又互相推进的战场奔腾前进。不仅前方捷音频传，而且国内的经济恢复工作、土地改革、镇压反革命等几项革命运动都顺利完成，西藏也如期和平解放了。那真是全国人民斗志昂扬，精神面貌最好的时期。

这一切都证明了毛泽东思想的伟大和正确。反过来说，如果当时我们在野兽面前表现出丝毫的怯懦、怯战、畏战，采取妥协退让政策，我们的锐气被敌压倒，那就完全是另一种结果了。一种可能是我们的部分地区（例如东北）被占领，因为当时疯狂的麦克阿瑟说过，鸭绿江不是最后的边界；一种可能是，即使东北不被占领，敌人以鸭绿江与我隔岸对峙，我们的建设怕也是无法安心进行的。万万料不到，事过多年，时至今日，仍有人对这场伟大的正义战争说三道四，说什么当时就不应当出国作战，结果死伤了多少人，把美国人也得罪了，如果不是这样，也许中国早就进入联合国了……这真是纯粹的屁话！那些当时出生入死奋战在朝鲜的战士们，以及用自己的鲜血和生命换来祖国的尊严和世界的和平的英烈们，他们听到这种话当做何感想呢？这种人，说他们是中华民族的不肖子孙，恐怕不算过分吧？如果他们不是患了先天的软骨病，也是秦桧的遗毒深入骨髓了。

三

朝鲜战争结束至今已经半个世纪过去了，我们再看，美帝国主义的侵略本性改变了吗？没有，一丝一毫也没有。应该说反而变本加厉了。

朝鲜战争之后不久，便是美帝侵略越南的战争。一九六五年越南战争升级，美帝开始轰炸越南北方。老作家巴金与作者曾受周总理之命赴越南访问。那真是一个绝好的机会，使我有幸亲眼看见了胡志明主席领导的极其出色的人民战争。这场战争，继抗美援朝战争之后，极大地削弱了美帝国主义的实力，使他们后来不得不乞求中国帮他们从越南脱身。这场战争一直像可怕的梦魇（yǎn）笼罩着侵略的士兵，使他们多年后仍旧“谈越色变”。但是即使如此，美国统治者作为垄断资产阶级的代表，其反动本性改变了吗？人们看到，随着苏联解体，东欧一系列社会主义国家变质，世界共运进入低潮，美帝国主义称霸世界的野心便更加炽烈了。它公然以世界霸主自居，不是制裁这个，就是颠覆那个，再不就明火执仗［点着火把，拿着武器，公开活动（多指抢劫）］杀人杀到别人的国内。一句话，美帝国主义是当今世界一切灾难和恐怖的总根源。

即以近年来的事件为例，侵略南联盟和轰炸我使馆的烟云还未散尽，便又燃起了侵略阿富汗的战火，去年又进行了规模相当巨大的对伊拉克的入侵。这次开战是以惩办伊拉克拥有大规模杀伤性武器为名，结果把伊拉克弄了个底儿朝天，连这样武器的影儿也没有找到，完全证明是布什总统先生制造的一派谎言。这不仅欺骗了世界舆论，也欺骗了本国人民。再加上虐待战俘的恶行，其丑名传遍了全世界。其实这场战争的真实目的，说到底不过是为了掠夺中东的石油。掠夺中东的石油，又是其称霸世界的战略的一部分。现在他们又开始制造不利于伊朗的种种舆论，恐怕下一步就要对伊朗动手了。总之，美国垄断资本，为了掠夺别人的战略物资，是不会怜惜那些善良人民的鲜血和孤儿寡母的眼泪的。自鸦片战争以来饱受帝国主义侵略和种种灾难的中国人，如果有哪一个至今仍相信狼可以改变吃人的本性，那他恐怕是天底下最天真的人了！

今天，值得中国人特别关注的是，美帝国主义的战略重点已经东移。从两年前开始，美国的航空母舰与战略轰炸机已集结关岛，近日美国国防部宣布，又将其三艘至四艘后勤航母调往东亚。这种船是四万吨级至六万吨级的战略储备船，每艘将承载一个重型旅的装备，包括一百三十多辆坦克和步兵战车、一千一百多辆其他各型车辆、大批补给品及弹药。一旦爆发战争，美国本土的美军，可以在短短数小时内乘运输机飞抵东亚海域，拿起武器立刻投入战斗。此外，美国还准备把太平洋三军指挥部都移到日本。这表明它对中东和中亚一些国家的控制更加收紧了。不可淡忘的历史经验告诫我们，要随时提防侵略战争的发生，否则迟早是要吃大亏的。让我们还是虚心地学习毛泽东吧，好好学习毛泽东思想及其风格吧！

二〇〇四年八月四日

延伸阅读

★本书名言记忆

◆我老金为了一个战友牺牲，为中国人民牺牲，不管牺牲在任何一个中国的山头上、村子边，是绝没有遗憾的！

——《朝鲜同志》

◆还要告诉同志们，有飞机大炮才能战胜敌人算什么本事呢？从革命的历史来看，反革命的武器总是比我们好得多；然而失败的总是他们，而不是我们。不要说在这方面超过他们，假若一旦平衡，或者接近平衡，他们就会不存在了！今天，我们的武器不如敌人，就正是在这样条件下，我们还要战胜他们。我们的本事就在这里！

——《汉江南岸的日日夜夜》

◆只要能保住我们的新中国，使我们的人民安全，我个人死到国外算什么！

——《战士和祖国》

◆只要能使人民得到幸福，也就是我们最大的幸福。

——《谁是最可爱的人》

◆当我接到一门炮，即使一支手枪也好，我也觉得那么可爱，这不是一门炮、一支手枪，这是我们整个的祖国向着新的历史前进啊！

——《前进吧，祖国！》

◆你知道，一九五二年我那次打反击负伤后，昏昏迷迷地在阵地上躺了三天三夜。是领导专门派了一个班，穿过敌人的炮火封锁把我背回来的。每当我想起这事，我就觉得自己没有理由不好好工作。

——《风雨路上》

相关名言链接

◇常思奋不顾身，以殉国家之急。

——司马迁

◇苟利国家生死以，岂因祸福避趋之！

——林则徐

◇拼将十万头颅血，须把乾坤力挽回。

——秋瑾

◇祖国如有难，汝应作前锋。

——陈毅

◇战争的目的必须是为了和平。

——亚里士多德

◇要进行战争只有一个借口，即通过战争我们可以生活在不受破坏的和平环境中。

——西塞罗

◇没有祖国，就没有幸福。每个人必须根植于祖国的土壤里。

——屠格涅夫

作者名片

魏巍（1920—2008），河南郑州人，本名魏鸿杰，笔名魏巍，曾用笔名红杨树。中国现当代诗人、散文家、小说家。早年家贫，读过免费平民小学及简易乡村师范。抗日战争爆发后赴山西前线参加八路军，后毕业于延安抗日军政大学。长期在部队从事宣传和文化工作。

1939—1949年，魏巍主要从事诗歌创作，这一时期，他创作了大量街头诗、鼓动诗，作品大多感情饱满、节奏明快、风格质朴，在当时颇具影响。中华人民共和国成立后，魏巍主要从事散文、小说创作。他在1950—1958年曾三赴朝鲜，写下多部散文和报告文学名篇，这些文章因为感情炽热、格调高昂、气势奔放、富于时代感，被誉为“火热的诗篇”，影响深远。1958年之后，魏巍陆续创作了《东方》《地球的红飘带》《火凤凰》，这三部作品最终构成其“中国革命战争三部曲”。

人物形象名片

◎儿童形象

人物示例:《前线童话》中给志愿军战士烧麻雀吃的小男孩儿,《在风雪里》中唱《东方红》的小姑娘……这些孩子虽然深处战争的阴霾之中，但其一言一行都流露出孩子特有的纯真与善良。同时，在残酷的战争环境中，他们坚强勇敢的表现，让我们看到了希望。

评价：勇敢、坚强、积极。

◎女性形象

人物示例:《年轻人，让你的青春更美丽吧》中摇摇晃晃背起重伤员的女团员,《挤垮它》中跟在队伍后面插秧的朝鲜妇女……在战争环境中，中朝女性也如同男性一样尽着自己的力量。从她们的事迹中，我们可以感受到她们的人性美和人情味，她们的身影在无情的战火中尤为突出，令人印象深刻。

评价：勤劳、善良、坚韧、乐观。

◎朝鲜人民军形象

人物示例:《朝鲜同志》中与“我”同艰苦共患难的老金,《勇士镇守在东方》中不谈艰苦、拥有高尚素质的人民军……他们是中国人民志愿军亲密的战友，是志愿军战士们在反帝战争中的英雄伙伴。朝鲜人民军不畏艰苦、正义勇敢的形象和与志愿军战士们之间的革命友谊，令人充满敬意。

评价：爱国、亲切、情深义厚。

◎中国人民志愿军形象

人物示例：《汉江南岸的日日夜夜》中坚守阵地的辛九思和王志成，《谁是最可爱的人》中誓死阻断敌人退路的战士们，《他还活着》中回国后低调生活的“烈士”李玉安……志愿军战士们在祖国需要的时刻挺身而出，以崇高的品格和坚毅的信念保家卫国，无惧无悔，不断贡献自己的力量。他们的伟大精神超越时代，永远值得我们学习。

评价：不忘初心、牢记使命、无私奉献、勇于担当。

读后感例文

读《谁是最可爱的人》有感

“雄赳赳，气昂昂，跨过鸭绿江……”读完《谁是最可爱的人》这本书，脑海中不自觉地又回荡起《中国人民志愿军军歌》的歌词和旋律，浮现出可爱的志愿军战士们在朝鲜战场上英勇抵抗美国侵略军的画面。

1950年，抗美援朝战争爆发，当时正值中华人民共和国成立初期，与美国侵略军的战备物资相比，志愿军战士们不论是武器装备，还是生活用品，可谓相差悬殊，但是这些都阻挡不了我们战胜敌人的决心。阵地上没有水源，就取雪作水；没有足够的弹药抵挡敌人的炮火，就靠双手挖出纵横交错的交通壕。在极其艰苦的战斗条件下，战士们依然保持着革命乐观主义精神和高昂的斗志。这种精神不禁让我肃然起敬。

与此同时，作者还描写了很多女性和孩子的故事。其中，令我印象最深刻的是《在风雪里》这篇文章中冒着风雪追随志愿军的小姑娘，她本拥有一个温馨的家庭，但顷刻之间，敌人空袭了她所在的村子，她一下子失去了所有的家人。但小女孩儿没有放弃，在弥漫着风雪的夜里，跟着志愿军的队伍来到了营部，想要成为一名军人，为战胜敌人贡献自己的力量。我要向她学习，坚强地面对困难。

另外在《依依惜别的深情》一篇中，即将回国的志愿军战士们为朝鲜人民建房子、挖水井，与朝鲜人民军互赠礼物。离别的日子来临时，朝鲜的老人、孩子都早早起来等候在街边，拿着礼物送别志愿军战士，战士们在朝鲜人民的“泪雨”中行进。这个场景对我触动很大，这就是同艰苦共患难的情谊呀！

最后，我想说的是中国人民志愿军所表现出的伟大的抗美援朝精神永垂不朽，我要珍惜现在来之不易的安定生活，铭记历史，努力学习，将这份精神财富发扬下去，为祖国的建设出一份力。

知识考点

一、填空题

1. 魏巍，原名________，中国现当代诗人、________、小说家。

2. 文章《谁是最可爱的人》是一篇________文学名篇。

3.《朝鲜同志》中，老金与“我”是________关系。

4.《勇士镇守在东方》一文主要介绍的对象是____。

5.《他还活着》中的“他”是________。

6. 在阳德郡日岩里，即将回国的志愿军战士们给村里一个驼背的孤苦妇人，修了一座________。

7.《风雨路上》主要讲述了____投身祖国经济建设的事。

8.《谁是最可爱的人》这篇文章，在抗美援朝____周年的前夕被篆刻在了石碑上。

二、选择题

1.《火与火》中，想要成为人民军战士的十三岁男孩儿是（　　）。

A. 刘秉烈　　　　B. 金守孙

C. 周秉烈　　D. 小玲子

2.《火线春节夜》中，战士们收到了来自祖国的什么食物？（　　）

A. 馒头　　B. 饺子

C. 肉　　D. 炒面

3.《谁是最可爱的人》一文中，作者提到的朝鲜战场上一次最壮烈的战斗是（　　）。

A. 上甘岭战斗　　B. 长津湖战斗

C. 汉江南岸战斗　　D. 松骨峰战斗

4. 在朝鲜战场，击落美国“双料王牌”飞行员哈罗德·爱德华·费席尔的空军战斗英雄是（　　）。

A. 李玉安　　B. 韩德彩

C. 马玉祥　　D. 戴笃伯

5.《在风雪里》中，志愿军战士最后将小姑娘交给了（　　）进行安置。

A. 朝鲜老乡　　B. 志愿军指导员

C. 女性同盟干部　　D. 志愿军连长

三、简答题

1.《谁是最可爱的人》这本书中，哪一个故事最令你印象深刻？说说你的理由。

2. 你还知道哪些关于抗美援朝的动人故事？简述其中一个。

参考答案

一、填空题

1. 魏鸿杰　散文家
2. 报告
3. 战友
4. 朝鲜人民军
5. 李玉安
6. 房子
7. 戴笃伯
8. 五十

二、选择题

1. A　2. C　3. D　4. B　5. C

三、简答题

1. 略
2. 略

无障碍阅读·彩插励志版

第一辑

《童年》
《西游记》
《红楼梦》
《水浒传》
《昆虫记》
《名人传》
《稻草人》
《格林童话》
《伊索寓言》
《城南旧事》
《爱的教育》
《三国演义》
《骆驼祥子》
《繁星·春水》
《安徒生童话》
《海底两万里》
《鲁滨逊漂流记》
《朝花夕拾》
《钢铁是怎样炼成的》
《假如给我三天光明》
《汤姆·索亚历险记》

第二辑

《格列佛游记》
《绿山墙的安妮》
《雷锋的故事》
《唐诗三百首》
《成语故事》
《简·爱》
《中国古代寓言故事》
《中外民间故事》
《中外神话传说》
《中外历史故事》
《木偶奇遇记》
《寄小读者》
《小王子》
《老人与海》
《八十天环游地球》
《小橘灯》
《呼兰河传》
《论语》
《千字文》
《克雷洛夫寓言》
《小鹿斑比》
《中外名人故事》
《吹牛大王历险记》
《中华上下五千年》

第三辑

《荒野的呼唤》
《泰戈尔诗选》
《宝葫芦的秘密》
《小老鼠皮克历险记》
《小学生必背古诗词 75+80 首》
《小战马》
《红脖子》
《水孩子》
《安妮日记》
《列那狐的故事》
《柳林风声》
《欧也妮·葛朗台》
《小飞侠彼得·潘》
《汤姆叔叔的小屋》
《爱丽丝漫游仙境》
《地心游记》
《名人名言精读》
《尼尔斯骑鹅旅行记》
《神秘岛》
《森林报·春》
《森林报·夏》
《森林报·秋》

《森林报·冬》
《福尔摩斯探案集》
《莫泊桑短篇小说精选》
《四大名著知识点一本全》

第四辑

《欧·亨利短篇小说精选》
《细菌世界历险记》
《爷爷的爷爷哪里来》
《长腿叔叔》
《海蒂》
《朱自清散文精选》
《契诃夫短篇小说精选》

第五辑

《大林和小林》
《父与子》
《王子与贫儿》
《哈克贝利·费恩历险记》
《猎人笔记》
《居里夫人自传》
《格兰特船长的儿女》
《秘密花园》
《青鸟》
《人类群星闪耀时》
《寂静的春天》
《西顿野生动物故事集》
《飞向太空港》
《镜花缘》
《草原上的小木屋》
《丛林故事》
《小巴掌童话》
《给青年的十二封信》
《白洋淀纪事》
《湘行散记》
《梦天新集：星星离我们有多远》

第六辑

《世说新语》
《聊斋志异》
《儒林外史》
《我是猫》
《了不起的盖茨比》
《少年维特的烦恼》
《神笔马良》
《拉封丹寓言》
《希腊神话故事》
《山海经》
《地球的故事》
《十万个为什么》
《中国民间故事》
《中国古代神话》
《非洲民间故事》
《森林报》
《一千零一夜》

第七辑

《小英雄雨来》
《闪闪的红星》
《赤色小子》
《刘胡兰传》
《两个小八路》
《小游击队员》
《铁道游击队》
《李四光随笔：穿过地平线》
《世界经典神话与传说故事》
《欧洲民间故事：聪明的牧羊人》
《捣蛋鬼日记》
《胡桃夹子》
《兔子坡》
《带刺的朋友》
《今年你七岁》
《第七条猎狗》
《萤火虫的季节》
《雁翎队的故事》
《谁是最可爱的人》
《经典常谈》